내 인생에서 가장 소중한 순간들

내 인생에서 가장 소중한 순간들

이황연 여섯 번째 수필집

젼출판

책을 펴내며

늦게 글을 쓰기 시작했고 수필 등단도 늦은 편이었다.

계속 글을 써 온 게 12년을 넘겼으니 긴 세월이 지난 셈이다.

여섯 번째 책을 펴내려고 하니 만감이 교차한다.

내 인생 문학의 길을 열어 주시고 지도해 주신 김홍은 교수께서는 '글은 그 사람의 마음'이라고 하셨다. 두 번째 수필집 '홀로 걷는 새벽길' 서평에서 하신 말씀이다.

글쓰기를 늦게 시작한 나의 졸필에 대하여는 '노마지지老馬之智라는 말씀과 함께 격려해 주셨다.

글은 쓰면 쓸수록 더 힘들고 어려운 것 같다.

노년의 삶을 살아가며 비장한 각오로 더 열심히 글을 써야겠다. 살아가는 날까지 내가 걸을 수 있고. 내 손으로 무엇을 할 수 있는 그 날까지 희망을 잃지 않고 글을 써야겠다.

노년의 삶일수록 희망을 잃지 않아야 한다.

나 스스로 걷고, 먹을 수 있고, 볼 수 있고, 들을 수 있고, 할 수 있을 때까지 희망을 잃지 말아야 한다.

그때까지의 삶이 진정한 삶이고, 남에게 의지하는 순간의 삶은 죽어 있는 삶이다. '인명은 재천'이라고 했던가? 모진 삶에도 숨을 스스로 거두지 못하는 것은 부질없는 이승에 대한 미련 때문이리라.

이번 책에는 나의 둘도 없는 고향 친구이며 초등학교부터 대학을 동문수학한 친구의 글도 함께 실었다. 현재 미국 워싱턴 시애틀에 사는 재미 작가로 이민 45년의 코메리칸(Komerican) 친구다.

고국에서 유능한 모범 공무원으로 인정을 받고 장래가 보장될 수 있는 위치에 있었지만, 부모님과 형제 동기간 모두가 이민하는 바람에 마지막으로 고국을 떠났다.

대학 재학 시절에는 학보에 만화도 연재하였고 공무원 재직 중에는 기관지에 글을 싣기도 하였다.

문학에 소질이 있고 글 쓰는 능력은 있지만 45년 미국 이민사에 시간을 빼앗겨 많은 글을 쓰지 못했을 뿐이다.

그의 미국 이민사 '아메리칸드림'은 이채롭고 흥미진진하다.

그의 초청으로 미국 방문 때 하루 10시간 이상 손수 운전하며 미국 서부를 일주 여행한 추억은 너무도 생생하다.

시애틀에 있는 그의 집을 방문했을 때 감동적이었다.

사람이 살기 좋은 땅 시애틀 평원은 기후와 자연환경이 미국에서 가장 훌륭한 것 같았다.

이번 여섯 번째 수필집에는 2023년 5월부터 2024년 10월까지 푸른 솔문학 카페에 올린 글들이다.

동인지 '청솔바람소리'와 작가회 '충북 레터스'에 실린 글도 있고 농협 동인 계간지에 올린 글들도 실었다.

하루 '만 보 걷기'를 시작한 지가 어언 28년이다.

일 년 365일 하루도 거르지 않고 만 보를 걷는 건 이제 나의 일상 생활 가운데 빼놓을 수 없는 일과다.

걷기란 발로 하는 것이지만 머리로는 사색하는 과정이다.

남에게 의지하지 않고 스스로 삶을 이어가는 날까지 걷고 사색하며 글을 쓰고 싶다.

책을 펴낼 때마다 도와주시는 정은출판 노용제 대표님께 진심으로 감사의 말씀을 드린다.

아울러 세심하게 교정해 주신 김희정 씨에게도 고마운 뜻을 전하고 싶다.

2024년 12월
성북구 돈암동 우거에서
이황연

차 례

2 목화꽃 영웅

차 례

3 사람답게 산다는 것

4 우리를 슬프게 하는 것들

1
진달래꽃 능선

물은 만물을 이롭게 하지만 자신은
항상 낮은 곳에 둔다.
그리고 결코 다투는 법이 없으므로
또한 허물이 없다.

불암산과 최불암

하지夏至가 지난 초여름 날씨에 더위가 기승을 부린다.

불암산 입구에 도착하니 평일이라 그런지 분위기가 한산하다.

옛날에는 산 정상까지 올라갔다가 내려오는 등산이 예사였다.

요즈음 서울 근교 산들은 둘레길이나 자락길이 잘 조성되어 있다. 낮은 경사를 유지하면서 평탄한 산허리를 돌다보면 산 정상 가까이 도착할 수 있다.

불암산 전망대에 올라갔다가 내려와 벤치에 앉아 땀을 식히고 있었다.

쉼터 오르막길에 전에는 볼 수 없던 시비詩碑가 보인다.

"불암산佛巖山이여!
이름이 너무 커서 어머니도 한번 불러보지 못한 채

내가 광대의 길을 들어서서 염치없이 사용한

그 웅장함과 은둔隱遁을 감히 모른 채

그 그늘에 몸을 붙여 살아왔습니다.

수천만 대를 걸쳐 노원盧原을 안고 지켜온

큰 웅지雄志의 꿈을 넘보아 가며

터무니없이 불암산을 빌려 살아왔습니다.

용서하십시오.

불암산 명예 산주

방송인 최불암

    불암산을 예명藝名으로 쓴 것이 혹시라도 산의 영험靈驗을 해친 것은 아닌가 하는 겸손한 글귀가 보인다.

    불암산은 서울시 노원구와 경기도 남양주시에 걸쳐 있는 508m 산이다. 멀리서 보면 부처님 모습을 닮은 바위산이라고 해서 붙여진 이름이다. 거대한 암벽과 울창한 수목이 어우러져 아름다운 풍치를 자랑한다.

    북한산, 도봉산, 관악산처럼 서울 도심지에 있는 산이다. 산 남쪽에는 불암산 폭포가 장관을 이룬다.

    조선조 중종의 비인 문정왕후 능 태릉太陵, 명종의 능인 강릉康陵이 있다.

    서울시 노원구는 2009년 8월 최불암 씨를 이 산의 명예 산주로 위촉했다. 불암산을 중심으로 추진 중인 노원구의 각종 프로젝트 홍보대사를 맡았다.

최불암(본명 최영한)은 우리나라 사람이면 누구나 알 수 있는 명배우다. 수사반장, 전원일기로 대표되는 전설적인 장수 드라마 주인공이었다. 22년간(1980-2002) 연속 방영된 '전원일기'는 요즈음도 각종 매체에서 재방영을 하는 실정이다.

한평생 훌륭한 연기로 감동을 주고 있는 유명 배우를 보며 여러 가지 생각을 하게 된다.

로마 시대에 연극 무대에서 배우들이 썼던 가면을 '페르소나'라고 했다. 페르소나는 한 인간의 참모습을 가리는 가면이다. 배우는 맡겨지는 배역에 따라 연기를 해야 하므로 본래의 자기 모습은 감춘다.

모든 인간에게는 누구나 숨기고 싶은 자아自我를 가지고 있다.

그리고 남들에게 보이길 원하는 모습도 있다.

자신의 본래 모습만으로 사회생활을 하기는 쉽지 않다.

우리는 모두 각자의 참모습을 숨기고 살아간다.

의식적이든 무의식적이든 진정한 자아의 모습을 숨긴다.

"어차피 인생이란 연극이 아니더냐"라는 대중가요 가사가 있다.

세상을 살아간다는 건 가면을 쓰고 맡겨진 연기를 하는 것 같다.

'페르소나 인생'인 것이다.

어차피 인생은 연극이라고 했다.

무심천 無心川

무심천!

고상하고 아름다운 이름이다.

무심천은 청주시 도심을 가로질러 흐르는 도시 하천이다.

아이들 물놀이하기 알맞게 수심은 깊지 않지만 맑고 깨끗한 물이 유유히 흐르고 있다.

어느 도시든 도시의 생명은 물과 함께 시작된다.

많은 사람이 모여 살려면 물이 꼭 있어야 한다는 건 인류 문명사의 교훈이다.

무심천은 오랜 세월 동안 청주 시민의 젖줄이다.

시민들의 허파로, 쉼터로, 광장으로 기능하며 면면하게 흐른다.

어린 시절부터 보아온 무심천의 봄 풍경은 아름다운 한 폭의 그림이었다.

천변 둑은 개나리꽃이 노랗게 물들이고, 산책로는 벚꽃 숲이 하늘을 가린다.

이렇게 벚꽃과 개나리가 온전하게 어우러진 곳도 찾기 힘들다.

신선한 공기와 청명한 물길, 가지각색 꽃들이 조화를 이루는 무심천을 따라 걷는 산책로는 푸르름과 신선함이 느껴지는 사색의 길이다.

바람과 그늘이 한여름 더위를 식혀준다.

많은 시민이 바쁜 도시 생활을 잠시 잊고 마음의 휴식을 취하는 무심천은 잊지 못할 추억이 있는 곳이다.

고교 시절 학교에서 친구끼리 다툼이 생기면 가까운 무심천 둔치로 간다.

두 사람이 '맞짱'을 뜨러 가는 장소였다.

다른 친구들은 싸움 구경을 하러 떼를 지어 몰려간다.

싸움 결과 승부 소식은 바로 소문이 퍼진다.

'낭성원 오랜 터에 영기 어리고

무심천 흘러 흘러 바다로 갈제

동서양 묻지 마라 우리 무대니

보아라. 청고는 청고는 우리의 샛별'

교가 3절을 부를 때마다 숙연하고 비장감마저 느꼈던 고교 시절 추억이다.

청주시 상당구 낭성면 북사리에 위치한 추정리 근처에서 발원發源한 무심천은 흥덕구 원평동과 상당구 오근장동의 경계에서 미호천으로 흘러드는 34.5Km 도시 하천이다.

무심천 이름 유래에 대해서는 명확한 기록은 없지만 옛날부터 청주 시민들에게 친숙한 곳이었기에 다양한 이야기나 전설들이 전해져 오고 있다.

고려 시대에 심천沁川으로 불리었고, 조선 시대에 이르러 석교천, 대교천으로 바뀌고 1923년부터 무심천無心川으로 불리어 오고 있다.

우리 고장의 자랑인 하천의 이름이 왜 무심천일까?

세상 만물의 근원을 유심唯心이라고 한다.

마음을 일으키면 발심發心, 마음을 풀어 놓으면 방심放心이다.

마음이 끌리면 관심觀心, 마음을 평안하게 하면 안심安心이다.

'무심無心'이란?

생각이 결코 없는 것이 아니라 마음 일체를 비우는 걸 의미한다.

무심이란 마음을 비우는 삶을 말한다.

마음을 비우는 삶은 개인의 행복과 직결된다.

인간은 더 많이 소유하고 남보다 더 많이 누려야 행복한 것으로 생각한다.

그러나 인간의 욕심과 집착은 불행의 근원이다.

행복하기 위해서는 남들과 비교를 멈추고 자신의 인생을 살아야 한다. 많은 것은 비우고, 가진 것에 만족해야 행복하다.

마음을 비우고 흐르는 무심천 물은 그 성질이 고요하고 겸손한 동시에 강한 에너지를 갖고 있어, 도가 사상에서는 선善의 상징으로 여긴다上善若水.

　물은 만물을 이롭게 하지만 자신은 항상 낮은 곳에 둔다.

　그리고 결코 다투는 법이 없으므로 또한 허물이 없다.

　무심천은 상선약수의 덕목을 지닌 도시 하천이다.

　청주와 무심천의 유구한 역사는 우리 고장의 큰 자랑거리다.

대공원의 함박눈

갑진년이 되었지만, 설을 쇠지 않아선지 아직도 세모 같은 기분이 드는 요즈음이다. 하기야 입춘 절(2월 4일)이 지나지 않았으니 아직도 계묘년이기는 하다.

고교 동기생 친구들로부터 연락을 받고 아침 일찍 집을 나섰다. 4호선 전철 '대공원' 역 출구를 나서니 탐스러운 함박눈이 펄펄 날리고 있다.

하얀 눈이 천천히 내리는 대공원 산책로를 걸으며 마치 어느 동화 속 나라로 들어선 느낌이 든다. 눈송이가 땅과 나무에 부드럽게 얹히면서 온 세상이 순수하고 맑아지는 듯한 환형이 떠오른다.

걸음마다 눈이 살랑거리며 발걸음 소리가 바람에 스며든다.

드넓은 대공원 전체가 차분하게 가라앉은 듯한 느낌이다.

길가에 설치된 각종 조형물에 비친 눈결은 작은 반짝임으로 동심을 부른다.

서늘한 공기와 함께 퍼지는 소리 없는 풍경이 마치 고요한 음악처럼 평온함을 선사하고 있다.

나뭇가지에 쌓인 눈은 마치 고요한 음악처럼 평온해지고 솜털같이 부드럽고 아름다운 눈송이들이 얼굴을 스치며 춤을 춘다.

광활한 대공원의 풍경은 눈이 내릴수록 고요하고 아름다워진다.

나뭇가지에 내린 눈이 흰색 장식을 하고, 정원의 꽃나무들이 겨울의 아름다움을 뽐내는 듯하다.

바람에 흔들리는 나뭇가지들은 마치 우리에게 작은 선물을 주는 것 같다.

함박눈 내리는 대공원 산책은 소중한 순간을 만들어주는 특별한 경험이 될 것 같다. 함박눈 속의 온 세상은 시간이 멈춘 듯 고요하고 평화로운 순간이다.

눈길 산책은 고독 속에 살아가는 우리의 마음을 달래주는 낭만적인 여행이다.

"인간은 세상에 태어날 때 혼자 왔고,

세상에서 죽어 갈 때도 나 혼자 가게 마련이다."

세상에 올 때나 세상을 떠나갈 때 동행은 없었고, 같은 운명의 사람은 하나도 없다. 인간은 정신적 존재기 때문에 '사귐'을 갖는 특성이 있다.

가족, 이웃, 친구들이 사귐의 대상이다.

펑펑 쏟아지는 눈 속을 걸으며 나도 고독한 존재라는 걸 실감한다.

모두 눈에 취해 말을 잊은 듯하고, 나는 나에게 묻고 내가 답하며 눈 속을 걷고 있었다.

"우정이란 게 과연 무엇일까?"

우리는 초등학교, 중고등학교, 대학교 때의 친구들을 가지고 있다.

그중에서도 가장 허물없고 가까이 사귈 수 있는 친구들은 중고등학교 때의 벗들이다. 중고등학교 때의 벗들은 친히 사귀어 온 정이 통하기 때문이다.

우정이란 목적 없이 시작되며 계획 없이 커지는 것이다.

한 학교에 다녔다든가, 같은 직장에서 일했던가, 같은 마을에서 살았다는 우연한 조건이 우정의 시초가 된다.

친구 간 사귐이 계속되는 동안 같은 뜻과 생활 태도를 발견하고, 본인들도 모르는 사이에 깊고 튼튼한 우정이 쌓인다.

옛날부터 한솥밥을 먹고 자랐다는 말이 있다.

생활환경이 정으로 얽혔기 때문에 깊고 튼튼한 우정이 만들어진 것이다.

우정은 부모·자식 사이나 부부간의 본능적 애정과는 다르다.

가족이나 연인들 사이의 본능적 정과는 달리 우정은 정신적 목적과 가치를 지니고 있다.

우정이야말로 자연스러운 본능과 정신적 기능성을 동반한 정과 이념의 사귐이다. 일상을 살아가는데 우정보다 더 귀한 것이 있을까?

눈은 계속 내리고 일행은 공원 안에 있는 커피숍으로 들어섰다.

대공원의 함박눈이 오늘의 다섯 친구에게 축복이었으면 좋겠다.

향처鄕妻와 경처京妻

갑진년 설 명절이 엊그제 같은데 어느새 정월 대보름이다.

한적한 오후, 홀로 창밖을 바라보니 멀리 잠실에 있는 롯데 빌딩이 선명하다. 미세먼지 없는 쾌청한 날씨다.

적막감 감도는 공간을 벗어나고 싶은 충동에 운동복을 갈아입고 집을 나섰다. 북악 터널 방향으로 길을 걷다가 문득 정릉을 찾아보고 싶은 충동을 느꼈다.

집에서 그리 멀지 않은 곳에 왕비 능이 있는 줄 알면서도 그동안 한 번도 찾아보지 못하고 수십 년 세월을 살아왔다.

우이 경전철 정릉역 근처에 왕비 능으로 들어가는 안내 표시판이 보인다. 아파트와 주택이 밀집한 골목길을 10여 분 남짓 걸어가니 능 입구, 정문이다.

초라해 보이는 능 입구를 바라보며 놀라지 않을 수 없었다. 도심 속 복잡한 주택가에 9만여 평이 넘는 넓고 아름다운 숲이 나타났다.

정릉 숲길은 마치 숨겨 놓은 보물 같은 장소다. 울창한 참나무와 소나무가 우거져 근처 주택가 소음이 어느새 멀어지고 새소리 물소리에 청량감이 느껴진다. 이곳이 엄숙하고 신선한 곳임을 알리는 홍살문의 기둥이 눈길을 끈다.

제각으로 가는 어로御路와 향로를 운반하는 길에는 박석을 깔아놓았다.

정자각과 수라간 사이로 멀리 왕비 능이 눈에 들어온다.

'조선왕조 태조비 신덕 왕후의 능'

왕비 능 양편으로 잘 조성된 산책로에는 군데군데 작은 계곡과 약수 터가 보인다. 한 시간 가까이 산책로를 일주하고 다시 홍살문 근처로 내려왔다.

쉼터 벤치에 앉아 땀을 식히며 눈을 감으니 조선조 초기의 역사가 떠오른다.

향처와 경처, 태조 이성계는 조선조 개국 전에 고려 풍습에 따라 고향에 있는 향처와 개경에 경처를 두고 있었다.

정릉은 태조의 경처 신덕왕후 강 씨의 무덤이 있는 곳이다.

태조와 신덕왕후 강 씨가 처음 만나 사랑을 싹틔우게 된 일화는 유명하다.

조선왕조를 개국하기 전 태조 이성계는 어느 날 사냥을 하느라 말을 달리며 땀을 흘리고 목이 말라 어느 우물가에 이르렀다.

한 여인에게 물을 요청하니 그녀는 바가지에 물을 떠 버들잎을 띄워 건네주었다. 이성계가 버들잎을 보고 화를 내자 '갈증이 심해

냉수를 급히 마시다가 체하실까 봐 염려되어 천천히 드시라고 한 것입니다.'라고 했다.

처녀의 지혜와 갸륵한 마음씨에 감탄하여 태조는 그녀를 둘째 부인으로 맞아 드린 것이다.

향처 신의왕후 한 씨는 방우, 방과, 방의, 방간, 방원, 방연 등 여섯 아들을 낳았고, 경처 신덕왕후 강씨 소생은 방번, 방석 두 형제였다.

신의왕후 한 씨가 사망하고 태조는 신덕왕후 강 씨의 뜻을 따라 막내아들 방석을 왕세자로 책봉하였다. 사랑하는 왕후의 뜻을 따른 것이 형제들 간의 불화와 갈등을 예고했고 끝내는 '왕자의 난'이라는 비극을 가져왔다.

태조가 병들고 신덕왕후마저 사망하자 신의왕후 한 씨 소생 방원은 방번, 방석을 살해하고 왕권을 잡았다.

태조의 경처 신덕왕후에 대한 사랑은 왕비가 죽은 후에도 이어졌다.

남다른 사랑을 주던 왕비가 죽자 무덤을 임금 가까운 곳에 쓰도록 하여 덕수궁 근처 지금의 정동에 정했다.

무덤 옆에 암자를 지어 조석으로 행차하였으며, 정릉의 아침 재 올리는 소리를 듣고서야 아침 수라를 들었다.

지금도 정릉 가까이 신덕 왕후의 명복을 비는 원찰願刹 흥천사가 남아있다.

땀을 식히며 꽤 오랜 시간 사색에 잠겼다가 자리에서 일어났다.

주택가 골목길은 여전히 붐비고 시끄럽다. 천천히 걸으며 태조대왕과 신덕왕후의 러브스토리를 상상해 보았다.

오늘날 태조대왕과 신의왕후 한 씨는 경기도 구리시 동구릉에 나란히 누워 있다. 생전에 총애를 받던 경처는 사후에 외롭게 홀로 남아있고, 생전에 외로웠던 향처는 죽은 후나마 남편 곁에 나란히 누워 있다.

신의왕후와 신덕왕후, 살아생전과 죽은 후의 두 여인이 운명이 아이로니컬하다.

북악산北岳山

　모임 장소인 경복궁역 3번 출구는 늘 인파가 붐비는 곳이다. 오늘은 토요일 청와대 관람객들 때문에 더욱 혼잡하다.

　인적이 드문 청와대 정문 오른쪽 길로 들어섰다. 한복을 곱게 차려입은 남녀 외국인 관광객들이 즐거운 표정으로 미소를 짓는다.

　품속으로 파고드는 3월 꽃샘추위에 으스스한 느낌이 든다.

　청와대 담장을 끼고 올라가는 등산로는 경사가 꽤 급한 편이다. 우리 일행 말고는 등산객이 눈에 뜨이지 않는다. 중간중간 쉼터에서 땀을 식히며 마시는 커피 향이 기분을 상쾌하게 한다.

　한낮이 되니 화창한 날씨에 봄볕이 따스해지고 추위가 가시는 것 같다. 30여 분 남짓 걸으니 북악정 쉼터가 나온다. 휴게소는 등산객으로 북적인다. 쾌청한 봄 날씨에 펼쳐지는 서울의 도심 풍경이 한 폭의 그림 같다.

　발아래 있는 청와대 건물과 경복궁의 널찍한 지붕이 고색창연古

色蒼然하다. 정면으로 남산타워가 선명하고 왼편 멀리 잠실에 있는 롯데타워가 가물가물하다. 오른편으로는 관악산의 웅장한 모습이 눈에 들어온다.

연일 계속되는 시위가 오늘은 없는지 광화문 거리의 자동차 행렬이 시원하게 달린다.

북악정으로부터 올라가는 등산로는 나무로 조성된 길이라 걷기가 수월한 것 같다. 꼬불꼬불 올라가는 등산로 아래로 아슬아슬한 낭떠러지가 눈에 들어온다. 마치 비행기를 탄 듯 아찔하고 어지럽기도 하다.

청와대 전망대 포토라인에서 기념사진을 찍고 내리막길로 들어섰다. 30여 분 가까이 걷다 보니 다시 북악정 휴게소가 나타난다.

청와대 춘추관 방향으로 내려가는 하산 길은 평탄하고 걷기 편했다. 옛날에는 군인들에게 신분증을 제시하고 허가가 있어야 다니던 등산로다. 대통령 집무실이 용산으로 이전되고 지금은 통행이 자유로운 공간이 되었다.

북악산은 고려가 망하고 조선이 건국되면서 태조의 신망이 두터웠던 무학대사에 의해 왕가의 기운을 받은 명산으로 칭송된 곳이다. 산 아래 조선왕조의 궁궐을 짓고 도읍을 정하게 된 것이다.

1394년(태조 4년) 북악산 아래 경복궁을 축성하였으며, 대한민국에 들어서 대통령 집무실인 경무대도 이곳에 들어섰다. 훗날 경무대는 청와대로 바뀌었다.

북악산은 높이가 342m 화강암으로 이루어진 서울의 주산主山이다. 서쪽에 인왕산, 남쪽의 남산, 동쪽의 낙산과 함께 서울의 4대 산이다. 북악산은 경복궁의 주산으로 풍수지리적으로도 중요한 산이다. 북악산은 위엄威嚴 있는 산봉우리가 청와대와 경복궁의 배경이 되어 장관을 이루는 한편 청와대를 감싸고 있어 산 전체가 요새화되어 있다.

북악산 근처에 '1·21사태 소나무'라는 게 있다.

1968년 1월 21일 북한의 124군 부대 무장 공비 31명이 청와대를 습격 박정희 대통령을 암살하려고 서울에 침투했다. 무장 공비들은 우리 군경과 교전하다가 북악산과 인왕산 지역으로 도주했다. 이 과정에서 소나무 한 그루가 15발의 총탄을 맞았다. 이 나무는 총탄의 세례를 받고도 용케 살아남았다. 그 후부터 이 나무는 '1·21사태 소나무'로 불리며 북악산을 지키고 있다.

이 사건을 계기로 같은 해 4월 향토예비군이 창립되었다.

경복궁과 청와대는 한국의 역사에서 중요한 위치를 차지하는 곳이다. 경복궁은 조선 시대 왕궁으로 이 궁궐은 한국의 문화와 역사를 대표하는 중요한 유적지이다.

경복궁과 인접해 있는 청와대는 대한민국 정치와 행정의 중심지였다. 청와대는 현대 정치의 중요한 사건들이 벌어진 장소로 국내외적으로 많은 관심을 받는 곳이다.

풍수지리 이론은 인간 삶의 터전을 찾고자 하는 데 있다. 죽은 사람들이 들어가는 곳이 음택陰宅이라면 산 사람들 집은 양택陽宅이다.

임금이나 대통령, 최고 권력자들이 살던 집터가 북악산 아래 있다.

경복궁은 조선조 500년 왕권, 청와대는 대한민국 대통령의 통치
권을 행사하던 권부權府가 있던 곳이다.

긴 세월 권부를 지켜보던 북악산은 말이 없다.

인생과 권력은 무상하고 역사는 유구한 것 같다.

진달래꽃 능선

주말을 보내고 3일 만에 '힐사이드 코트'를 찾았다. 코트장 입구 낮은 언덕에는 그사이 개나리꽃이 노랗게 물들어 있다.

능선 따라 올라가는 등산로에도 울긋불긋 진달래꽃이 만발했다. 운동장에서 바라보니 언덕을 따라 올라가는 등산길은 진달래꽃으로 장식을 해 놓은 것 같다. 진달래꽃 능선이라 불러야 할 것 같다.

울긋불긋 등산복 차림의 행인들이 삼삼오오 떼를 지어 능선을 따라 꽃길을 걸어간다. 애완견 고삐를 잡고 개와 함께 걸어가는 여인의 모습이 인상적이다.

한 폭의 그림 같은 진달래꽃 능선이 아름다움의 극치다. 풍경에 매료되어 나도 모르게 언덕 위로 올라가 능선을 걷기 시작했다. 아름다운 진달래꽃 능선을 걸으며 나는 봄을 예찬하였다.

봄은 새로운 시작과 활력을 상징하는 계절로, 꽃길 능선을 걷다보니 자연의 아름다움과 생명력이 새삼 느껴진다. 진달래꽃을 따라 능선을 걷는 동안, 봄의 향기와 아름다운 꽃에 취한 기분이다. 진달 래꽃의 화사한 분홍색들은 봄의 정취를 더욱 빛내주고 있다. 향기 롭고 아름다운 꽃을 바라보며, 자연의 아름다움과 봄의 정취에 흠 뻑 젖는다. 또한, 진달래꽃 능선을 걷다 보면 봄의 따뜻한 햇볕과 신선한 공기가 마음을 한결 상쾌하게 한다. 햇살이 포근하게 비추 어 주고 봄바람이 상쾌하게 불어오는 꽃길은 분명 봄의 선물이다.

자연의 아름다움과 봄의 기운을 느끼며 걷는 꽃길 능선은 마음을 평온하게 하고 맑은 영감을 주는 것 같다. 화사한 꽃길 능선을 걸으 며 봄을 예찬하는 것은 자연의 아름다움과 봄의 매력을 느낄 뿐 아 니라 심신 건강에도 활력을 준다.

걷는다는 것은 운동과 명상의 효과를 동시에 가져다준다. 봄기운 에 취해 숲속 길을 걸으며 오랜만에 삶의 의미를 사색하였다.

봄은 세 가지 덕목을 지닌 계절이라고 한다.

첫째는 생명
둘째는 희망,
셋째는 환희다.

봄은 생명의 계절이다.

땅에 씨앗을 뿌리면 푸른 새싹이 나며, 나뭇가지마다 파릇한 잎이 돋고 아름다운 꽃이 핀다. 세상에 생명이 자라는 것처럼 아름답고 신비로우며 놀라운 일도 없다.

18세기 프랑스 화가 밀레와 고흐는 '씨 뿌리는 젊은이'를 그렸다.

'네 마음의 밭에 낭만의 씨를 뿌려라!'
'네 인격의 밭에 성실의 씨를 뿌려라!'
'네 정신의 밭에 노력의 씨를 뿌려라!'

봄은 희망의 계절이다. 봄에는 꽃들이 만개하여 세상을 화려하게 물들인다. 산과 들에는 벚꽃, 개나리, 진달래 등 다양한 꽃이 피어나며, 향기롭고 아름다운 풍경을 만들어낸다.

이러한 꽃들은 우리에게 희망과 기쁨을 선사하며 새로운 시작의 동기를 부여한다. 봄은 모든 이에게 희망과 활력을 주며, 새로운 시작과 성장을 기대할 수 있는 특별한 계절이다.

옛사람들은 봄바람을 혜풍惠風이라 했고, 여름 바람을 훈풍, 가을 바람은 금풍金風, 겨울바람은 삭풍朔風이라 했다. 온화한 봄바람처럼 만백성을 돌봐 주는 은혜에 비유하는 혜풍이다.

봄은 환희의 계절이다.

우울한 날이여 가거라!
비애의 날이여 사라져라!
절망의 날이여 없어져라!

고목처럼 메말랐던 가지에 생명의 새싹이 돋아난다는 것은 얼마나 기쁜 일인가? 얼어붙었던 땅에서 녹색의 새 생명이 자란다는 것은 얼마나 감격스러운가? 창밖에 나비가 날아들고 하늘엔 종달새가 지저귀며, 벌판에 시냇물이 흐르고 숲속에 꽃이 핀다는 게 얼마나 즐거운 일인가.

봄을 예찬하며 꽃길 능선을 걷고 아름다운 꽃들과 봄의 정취를 만끽한 하루였다. 꽃의 미소가 즐겁고 고마웠다.

아차산

　이제는 늙은 할아버지가 된 고교 동기생 여섯 사람이 모처럼 산행에 나섰다. 아차산을 걷기로 하고 전철역에서 만났다.

　아차산 전철역 출구를 나와 등산로 입구까지는 거리가 꽤 먼 편이었다. 비좁은 길을 20여 분 걸어서 올라가니 생태공원이 나왔다. 울긋불긋 원색의 등산객 인파가 몰려들고 있다. 크게 가파르지 않은 산길을 따라 천천히 걷기 시작했다.

　4월 중순, 이제 봄꽃은 거의 지기 시작하는 계절인데 아차산에는 아직 생생하게 겹벚꽃이 아름답게 피어있다.

　무럭무럭 자란 나뭇잎이 어느새 산을 초록색으로 바꾸어 놓고 청명한 하늘에서 쏟아지는 햇살에 아차산 신록이 반짝이고 시원한 공기가 기분을 상쾌하게 한다.

　조금 더 올라가니 아차산 등산코스를 알려주는 안내판이 보인다. 우리는 사적 234호인 '아차산성'으로 들어섰다.

이 성은 백제 근초고왕이 수리하였고, 396년 고구려 광개토대왕이 이 성을 빼앗았으며, 475년에는 백제 개로왕이 성 아래에서 죽었다는 삼국사기 기록이 있다고 한다. 이 성은 부정 육각형의 산성으로 둘레가 1㎞ 좀 넘는다고 한다.

백제가 수도 한성을 방어하기 위해 쌓았으나 나중에는 신라와 고구려가 이용한 것으로 보인다. 이 산성은 한강 유역을 둘러싼 삼국의 각축을 보여주는 중요한 유적지이다.

고구려 군사 유적지로 보이는 또 한 군데 사적지 '보루' 20여 개를 둘러보고 아차산성을 떠나 정상을 향해 걸었다. 정상 못미처 쉼터 겸 전망대에서 휴식을 취하며 땀을 식혔다.

아차산 전망대에서 바라보는 서울 풍경은 참으로 멋지고 장엄한 것이었다. 오늘 산행의 백미白眉라 해도 틀림이 없다.

서울 동부에 있는 아차산 전망대에서 서울 도심과 한강을 한눈에 조망할 수 있는 이곳은 명소임이 틀림없어 보인다.

잠실에 있는 롯데 빌딩이 가물가물하고 즐비하게 들어선 서울의 고층 빌딩들이 하늘 높이 치솟고 있는 모습이다. 특히, 일출이나 일몰 시각에는 하늘과 건물들이 화려한 색감으로 물들어 더욱 아름다운 풍경을 선사한다고 동행한 친구가 귀띔한다.

전망대에서는 또 한강의 흐름과 함께 서울의 넓은 지역들을 조망할 수 있다. 한강의 수많은 다리와 강을 따라 떠 있는 배들, 그리고 남산을 비롯한 서울의 여러 곳이 한눈에 들어와 도시의 생동감이 느껴진다.

아차산 전망대에서 바라보는 아름다운 서울의 풍경은 이 산을 찾는 많은 사람에게 깊은 감명을 주고 도시의 번화함과 자연의 아름다움을 동시에 느낄 수 있는 곳으로 많은 사람이 찾는 명소이다.

아차산은 서울의 광진구와 경기도 구리시 사이에 자리한 해발 300미터 남짓 나즈막한 산이다. 산세가 험하지 않아 구리시와 서울 시민들이 가벼운 산행을 위해 자주 찾는 산 중의 하나다. 중심 등산 코스 40분 정도 오르면 한강과 서울 시내가 한눈에 들어오는 관광 명소다. 해가 바뀌며 해맞이를 위해 인파가 많이 몰리는 곳이기도 하다.

산 능선과 경사면에 조성된 다양한 무덤들을 볼 때, 아차산 일대는 옛날부터 이곳을 터전으로 삼은 평범한 사람들의 희로애락을 간직한 일상의 공간이기도 하다. 지금도 아차산은 많은 사람이 쉽게 찾을 수 있는 친숙한 산으로 유명하다. 그뿐만 아니라 삼국시대에 치열한 항쟁의 역사적 유적이 남아있는 유서 깊은 곳이다. 이렇듯 아차산은 역사의 특별한 기억과 일상의 평범함이 공존하는 특별한 곳이기도 하다.

4월의 봄은 아차산을 찾는 많은 사람에게 아름다운 풍경을 선사한다. 산들은 신록의 나무들과 화려한 꽃들로 가득 차며 자연의 아름다움을 한껏 뽐낸다.

먼 옛 조상들 삶의 흔적이 있고 분주하게 나날을 살아가는 현대인들 모습도 보이는 곳이다.

선정릉宣靖陵

신록의 계절 5월은 어느 때보다 아름답고 활기찬 계절이다. 푸른 초목과 꽃들이 만발하여 세상이 풍요롭고 찬란한 절기다. 따뜻한 햇볕과 부드러운 바람이 기분을 상쾌하게 하고 활력을 불러온다. 자연의 아름다움과 생동감 넘치는 산과 강, 들녘에는 울긋불긋 인파가 넘친다.

오랜 세월 동안 이어온 산악 동인들의 등산하는 모습도 옛날과는 다르다.

젊은 시절의 등산은 산 정상에 올라가고 종주를 하며 하루의 등산 일정을 끝냈지만, 지금은 노년에 들어선 동호인들은 지난 2년 동안 수도권의 둘레길, 자락길, 강변길을 번갈아 가며 걸었다.

수락산, 불암산에서 시작되는 서울 둘레길 1코스로부터 북한산 8코스에 이르는 157Km 구간을 완주하였다.

올해 들어 다시 시작한 '걷기' 코스는 조선 왕릉 코스로 잡았다.

'조선왕릉'은 조선조(1392-1897)의 왕과 왕비, 그리고 대한제국(1897-1910)의 황제와 황후 73명을 통틀어 일컫는 말이다. 능은 모두 42기가 있으며, 북한에 있는 2기를 제외한 40기가 2009년 유네스코 세계 유산에 등재되어 있다.

오늘은 서울 강남구 선릉로에 있는 선 정릉을 답사하기 위해 인근 지하철역에서 모였다. 선 정릉은 선릉宣陵과 정릉靖陵을 말하는 것이다. 선 정릉은 조선조 9대왕 성종과 계비인 정현 황후 윤 씨와 성종의 둘째 아들인 중종의 왕릉이 있는 곳이다.

선 정릉 입구를 들어서니 울창하고 싱그러운 숲이 하늘을 가린다. 맑은 하늘만 빠끔히 보이고 신비로운 기분이 드는 숲속 길을 심호흡하며 걷는다. 토요일 주말인데도 인적이 드물어 고요한 숲속은 정적이 흐르는 듯하다.

1970년대 서울 강남역이 개발되면서 선릉과 정릉 주위로 높은 건물들이 빼곡히 들어서게 되어, 두 능은 도심 속의 회색 숲속에 있는 녹색 섬처럼 남아있다. 우리나라에서 땅값이 가장 비싼 이곳에 7만 평이 넘는 금싸라기 땅과 왕릉이 함께 있다는 게 신기하다.

선 정릉은 수많은 사람이 오가며 사랑을 받는 공간으로 남아있다. 숲이 주는 위안을 누리며 매일 찾아와도 싫증이 나지 않을 것 같은 공간이다.

선릉 가까이 올라가 도심을 바라보면 서울의 높은 건물 사이에 왕릉이 자리 잡은 모습을 사진기에 담아 명작을 만들 수 있을 것 같다.

과거 역사와 현재가 공존하는 공간이라 더욱 의미가 있고 많은 생각을 하게 되는 곳이다.

아버지 성종과 왕후가 누워 있는 선릉과 아들 중종 홀로 누워 있는 정릉을 돌아보고 나오는 길가에 제각과 역사 문화회관이 작게 꾸며져 있다. 회관 내부에는 전국 조선 왕릉에 대한 정보와 위치, 성종과 중종의 가계도 관련 정보를 볼 수 있다.

왕릉 답사를 마치고 출구를 나서며 조선왕조의 파란만장한 역사가 떠올랐다. 성종의 아들은 두 사람이 왕위에 올랐다.

연산군이 성종을 이어 10대 왕에 책봉되고 중종이 11대 왕위에 올랐다.

연산군은 원래 성군의 자질을 보여 국가 경영을 수월하게 해냈고 훌륭한 업적도 남겼다. 그러나 그는 생모 '폐비 윤 씨' 사건으로 인하여 성군에서 폭군으로 변했다. 장희빈을 후궁으로 들이며 폭정이 계속되고 끝내 '중종반정'으로 탄핵을 당해 폐위가 된 것이다.

1506년 9월 2일 중종은 왕위에 오르던 날 밤 옥에 갇혀 있는 이복형 연산군을 찾아간다. 연산군은 이복동생 중종에게 눈물로 호소한다. 자기 생모(폐비 윤씨)의 죽음을 알고 나서 마음에 금이 갔고 스스로 붕괴의 길을 걸었다고….

연산군은 중종의 손을 잡고,

"아우야! 나처럼 되지 마라!"

중종은 눈물 젖은 얼굴을 마지막으로 형의 손에 대었다.

"감사합니다!"

"왕 형!. 전 실패하지 않겠습니다."

왕실의 슬픈 가족사에 대한 상념이 쉽게 지워지지 않는 하루였다.

행복하세요

"행복하세요!"

요즈음 전철을 타고 내릴 때마다 단말기에 표를 접속하면 들리는 여자의 낭랑한 음성이다. '삑'하고 무의미하게 울리는 소리보다는 마음에 거슬리지 않는다. 행복이라는 것을 다시 생각해 볼 때도 있다.

우리는 보통 내가 원하는 대로, 내가 바라는 대로 되는 게 행복이고 자유라고 생각한다. 하지만 세상은 내가 원한다고 다 되는 것이 아니다.

사전적 의미의 '행복이란 일상생활에서 기쁨과 만족감을 느껴 흐뭇한 상태'를 말한다. 일상생활에서 기쁨을 느끼는 조건은 사람마다 다르다.

사랑하는 사람들과 시간 보내기, 취미생활 즐기기, 성취감 느끼기, 감사의 마음 갖기 등 행복의 조건은 다양하다. 개개인의 가치관과 성향에 따라 기쁨을 느끼는 조건도 여러 가지다.

중요한 것은 자신에게 기쁨을 주는 것들을 찾아내고 그 순간을 즐기는 것이다. 가족, 친구, 연인과 소중한 시간을 보내는 것은 커다란 기쁨이고 행복이다. 사람은 누구나 삶의 목적을 가지고 세상을 살아간다. 삶의 목표를 설정하고 그것을 달성하는 과정에서 보람과 긍지를 느끼면 그것이 행복이다.

인생을 살다 보면 온갖 일이 다 생긴다. 그러나 대부분은 내가 생각하고 바라는 대로 되지 않는다. 가령, 사랑받고 싶은데 오히려 상처를 받고, 나는 정성껏 베풀었는데 상대에게 뒤통수를 맞기도 한다.

행복을 방해하는 원인은 각양각색이다. 내 생각에 사로잡혀 스스로 괴로움을 확대 재생산하는 것일 수도 있고, 잘못 깃들여진 습관일 수도 있고, 어쩌면 공정하지 못한 사회 탓일 수도 있을 것이다. 행복과 불행은 내 마음가짐과 주변 환경이 맞물려서 오는 결과이다. 따라서 남을 탓하기 이전에 나를 먼저 돌아보고 마음공부를 해야 한다.

우리는 남의 탓, 환경 탓만 하고 자기가 어떻게 할 것인가에 대한 책임 의식이 부족하다. 사람들은 행복의 조건을 밖에서 찾으려 한다. 자식이 공부를 더 잘하고, 남편이 술을 덜 먹고, 아내가 바가지를 안 긁고 세상이 바뀌어야 행복해진다고 생각한다. 그러나 내가 원한다고 해서 상대방이 바뀌고, 내가 푸념한다고 세상은 변하지 않는다.

사람은 주어진 조건을 바꾸지 않고도 스스로 조금만 마음가짐을 달리하면서 있는 그 자리에서 자유롭고 행복해질 수 있다. 다시는 '누구 때문에', '무엇 때문에'라고 탓하지 말고 내가 내 인생의 주인이 되어 자유롭고 행복한 삶을 찾아야 한다.

행복은 살아가면서 일어나는 이런저런 문제에 어떻게 대응하느냐 하는 삶의 자세에서 결정된다.

현대인들은 행복의 기준을 남보다 많고 큰 것을 차지하고 누리려 하는 것으로 생각한다. 수십억짜리 아파트, 수억 원대 승용차, 호화찬란한 골프 여행….

사람은 살아가면서 필요에 따라 물건을 가지게 되지만 때로는 그 물건 때문에 신경 쓰고 얽매이게 된다. 행복은 내 마음 밖에 있지 않고 내 마음 안에서 생긴다.

온전한 행복의 길로 들어서기 위해서는 내 삶의 주인이자 이 세상의 주인으로서, 나의 행복은 내가 만든다는 생각으로 살아야 한다. 이 세상에 태어난 사람은 누구나 행복을 누릴 권리가 있다.

우리는 늘 현재를 놓치며 살아가고 있다. 과거를 생각하다 현재를 놓치고, 미래를 생각하느라 또 현재를 놓친다. 행복이란 지금 이 시각에 집중해서 최선을 다할 때, 그 하루하루가 쌓여서 행복한 미래가 된다.

'Present'는 현재라는 의미와 선물이라는 뜻을 동시에 지닌 값진 말이다.

진정한 성공은 매 순간이 값지고 소중하다는 것을 아는 데서 시작된다.

　어떤 상황에서든 현재 주어진 조건에서 삶을 만끽해야 한다. 그래서 지금, 여기서 나는 행복한가를 점검하며 살아야 한다.

종묘宗廟

13년 만에 종묘를 찾아갔다.

종로3가 전철역에서 모여 일행들이 종묘 매표소 앞에 도착하니 해설사가 우리를 기다리고 있었다. 종묘는 한국의 역사와 문화를 대표하는 유적지로, 자연환경도 아름다워 많은 관광객이 찾는 곳이다.

서울 중심부에 있으며, 주변에는 다양한 공원과 녹지 공간이 넓다. 특히 종묘를 둘러싼 숲은 조선 시대에 조성된 것으로, 다양한 나무와 식물들이 자라고 있어 아름다운 자연경관을 자랑한다. 주변에는 청계천이 흐르고 있어 연인들의 산책 코스이기도 하다. 자연환경과 역사적인 유산이 조화롭게 이루어진 곳으로, 많은 사람이 찾아와 휴식과 문화 체험을 즐길 수 있는 곳이다.

종묘는 대한민국 수도에 있는 유네스코 세계 유산으로, 조선왕조

역대 왕과 왕비의 신주를 모신 사당이다. 조선 태조가 한양을 새나라의 도읍으로 정하고 나서 바로 짓기 시작하여 1395년에 경복궁과 함께 완공되었다.

왕이나 왕비가 승하하면 궁궐에서 삼년상을 치른 후 그 신주를 종묘로 옮겨 모시는 곳이다.

종묘의 건축물은 정전正殿과 영녕전永寧殿으로 나뉘어 있다. 정전은 19칸으로 태조를 비롯한 조선왕조 임금과 왕비 49위가 모셔져 있다. 애초 다섯 칸의 정전 건물은 왕조가 계속 이어지며, 봉안해야 할 신위가 늘어남에 따라 몇 차례의 건물 증축을 하여 지금의 모습이 되었다.

정전에만 모시던 왕과 왕비의 신주가 늘어나 또 다른 건물을 지은 게 영령전이다. 정전은 그 규모가 매우 크고 웅장하여, 조선 시대의 건축 기술과 예술성을 대표하는 건축물 중 하나다. 박공博工지붕에 처마가 매우 긴 목조 건물이다.

영령전은 정전보다 규모는 작지만, 조선 시대 건축양식을 잘 보여준다. 영령 전의 신실 16칸에는 태조의 4대조와 추존 임금, 정전에서 옮겨온 신주 34위가 모셔져 있다.

정전에는 공적이 뛰어난 임금들의 신주가 있다는 해설사 설명이 있었다. 그러나 공적이 뛰어나고 권세가 막강했던 왕들은 사후에도 영녕전으로 가지 않고 정전에 머물러 있다. 살아서의 권세가 죽은 후에도 유지되고 있는 역사의 한 면을 보는 것 같다. 왕위에서 쫓겨난 연산군과 광해군은 종묘에 모시지 않았다.

정전을 돌아보기 위해 입구에 도착하니 건물을 보수 중이라 입장을 금지하고 있었다.

정전의 17칸 철종 임금을 모신 신실을 답사하려던 계획이 무산되어 아쉽고 서운했다. 신묘년 종묘대제 추억이 새삼스럽게 떠올랐다. 13년 전 종묘대제 때 나는 철종 황제의 초헌관을 한 적이 있다.

직장에서 정년퇴직하고 나와 여행과 취미생활을 하던 시절 대동종약원에서 종묘대제 헌관 위촉장을 받았다.

종묘대제는 매년 5월 첫째 일요일에 거행된다. 토요일 오후 전국 각지에서 온, 행사 요원들이 한자리에 모여 예행연습을 하였다.

5월 첫 주 일요일 구름 한 점 없는 맑은 하늘에서 쏟아지는 햇살이 종묘의 나뭇잎을 싱그럽게 했다.

행사 시간이 되니 관람객들이 인산인해를 이루고, 제사가 시작되니 참석자들은 경건한 마음으로 지켜보고 있었다. 제례와 함께 전통적인 음악과 춤이 이어지고 종묘 제례악이 연주되었다.

종묘대제 초헌관을 했던 경험은 나에게 큰 감격과 추억을 선사해 주었다. 철종 임금 신주를 모시고 떨리는 마음으로 첫 술잔을 올리던 추억은 평생 잊히지 않을 것 같다. 조선 시대의 왕과 왕비의 신주를 모시고 종묘에서 열리는 제사는 우리나라의 역사와 전통을 대표하는 중요 문화행사 중 하나다.

제사에서 첫 번째 잔을 올리는 초헌관 역할은, 그 순간의 무게와 책임감이 크게 느껴졌다. 전통 의상을 입고 엄숙한 분위기 속에서 제사를 진행하는 경험은 나에게 큰 자부심과 긍지를 안겨 주었다.
이 경험을 통해 나는 우리의 역사와 문화에 대한 감사와 존경심을
더욱 깊게 느낄 수 있었다.

2
목
화
꽃

영
웅

부모의 은혜를 알고 느끼고 감사하고
보답하려는 마음, 그것이 곧 효심이요 효성이다.
부모에게 효도하려는 마음은 인간의 자연스러운
휴머니티다.

노년의 부부

아내는 76이고/ 나는 80입니다.
지금은 아침저녁으로/ 어깨를 나란히 하고/ 걸어가지만
속으로 다투기도/ 많이 다툰 사이입니다.
요즘은 망각을/ 경쟁하듯 합니다.

나는 창문을 열러 갔다가/ 창문 앞에/ 우두커니 서 있고
아내는/ 냉장고 문을/ 열고서 우두커니/ 서 있습니다.
누구 기억이/ 일찍 들어오나/ 기다리는 것입니다.
그러나 기억은 서서히/우리 둘을 떠나고/ 마지막에는
내가 그의/ 남편인 줄 모르고/ 그가/ 내 아내인 줄/
모르는 날도 올 것입니다.

서로 모르는 사이가/ 서로 알아가며 살다가/

다시 모르는 사이로 돌아가는 세월

그것을 무어라고 하겠습니까.

인생? 철학? 종교?

우린 너무 먼 데서 살았습니다.

- 이생진 -

시를 읽고 나서 서글픈 마음에 나도 모르게 한숨이 나온다.

나는 창문을 열려고 갔다가 그새 거기 간 목적을 잊어버리고 우두커니 서 있다.

아내는 무엇을 꺼내려고 냉장고 문을 열어놓은 채 그 앞에 우두커니 서 있다.

서 있는 장면은 상상만 해도 앞이 막막하고, 울컥해진다.

차분하게 노년 부부의 참담한 삶을 정리하고 있다.

'서로 모르는 사이가, 서로 알아가며 살다가, 다시 모르는 사이로 돌아가는 세월뿐이라고.

자식들 모두 성장하여 우리 곁을 떠나갔다.

마지막까지 남은 건 두 사람 늙은 부부뿐이다.

노년의 친구들이 모이는 자리에서 꼭 하는 이야기가 있다.

'칠, 팔십 대를 넘겨 해로하면서 아내가 해 주는 밥을 먹으면 최고의 행복'이라고.

아침에 일어나면 안부를 묻고 아내는 식탁을 준비한다. 마주 앉아 식사하며 힐끗 아내를 바라본다. 곱고 예쁘던 얼굴의 주름살, 흰 머리가 야속하고 나를 슬프게 한다.

요즘 아내는 외출하고 귀가하며 현관문 비밀번호를 잘못 누르는 때가 있다. 가끔 바느질할 때면 바늘에 실 꿰는 일을 내게 부탁을 한다. 시력이 나빠지는 징후인 것 같다.

아내에게 잘못된 일들은 모두 내 탓인 것 같아 마음을 아프게 한다. 성당에 열심히 나가고, 운동도 끊이지 않고, 외출도 종종 하는 아내가 고맙다.

두 부부 사이에는 언젠가 건강 위험 신호가 오기 마련이다.

노년의 부부 앞에 적색 신호등이 켜지면 인생길에 경고음이 온다.

'아내'라는 이름은 생각할수록 소중한 사람이다.

아내가 행복해야 삶이 행복하고 남편이 편한 것이다.

남편의 운명은 아내의 손에 달려있다. 노년에 접어들면 이러한 현실은 두드러지는 것 같다.

이 세상에 아내라는 말처럼 정답고 마음이 놓이고, 아늑하고 편안한 이름이 또 있을까?

아침에 헤어지면 언제 다시 만날까 걱정 안 해도 되는 사람, 너무 흔해서 고마움을 모르는 물처럼 매일 그 사랑을 먹으면서도 당연하게 여겨지는 사람, 티격태격 싸우고 토라졌다가도 언제 그랬느냐는 듯 잠잠해지는 사람….

내가 살아가는 모든 것이 조용히 나를 지켜주는 아내 덕분이다. 고마운 사람, 참으로 고마운 사람, 아내라는 이름이다.

부부란 서로 마음 상하고, 가끔 잔소리하고, 이따금 화를 내서 상처를 주고받는 사이기도 하다. 그러나 남편과 아내가 서로 옆에 있어 준다면, 그것만으로도 그 가정은 행복하다.

아름다운 인생의 동반자가 되기 위해서는 누구랄 것 없이 먼저 말해야 한다.

'당신이 옆에 있어 주어 정말 행복하다!'라고.

칸트는 '남편이 된 사람은 아내의 행복이 자신의 전부라는 것을 행동으로 보여주어야 한다.'라고 했다.

할아버지 마라토너

삼 년 넘게 계속된 코로나 '팬데믹'이 고개를 숙였다.

이제는 마스크를 쓰지 않아도 일상생활을 할 수 있으니 마음이 가볍다.

오랜만에 고교 동창생들이 모였다.

20여 명 친구가 모처럼 함께 자리한 것이다.

모두가 팔순八旬의 나이를 넘긴 친우들이다.

젊음과 패기는 어느새 사라지고 이제는 모두가 노년의 길을 걷고 있다.

구부정한 몸매에 머리는 백발이 성성하고 축 처진 어깨와 어줍은 걸음걸이가 안타깝다.

얼굴을 마주하면 젊은 시절 모습이 아련하게 보인다.

이미 타계他界했거나 와병하고 있는 친구들, 요양원에 가 있거나 연락이 끊긴 동기생들도 적지 않다.

나이 먹고 세월 가면 생로병사生老病死 과정은 피할 수 없는 자연의 섭리다. 그러나 노년에도 젊은이들 못지않게 건강을 지키는 사람도 있다.

동기생 가운데 한 사람 K 군!

그는 명실상부한 '할아버지 마라토너'다.

기원전 490년경, 그리스는 페르시아 대군과 전쟁에서 수적 열세를 극복하고 승리를 거두었다. 전쟁터에서 멀리 떨어진 아테네 시민들은 승리 소식을 몰라 불안에 떨고 있었다.

단 한 사람의 병사가 외로이 까마득히 먼 42Km를 달렸다. 외로운 장거리 길을 달리게 한 목적은 그리스군의 승리를 전하는 것이었다.

"우리는 이겼다"

한 마디를 남기고 쓰러진 이 감동적 쾌거가 마라톤의 기원이다.

'할아버지 마라토너' K 군!

이 친구가 출전한 마라톤 기록은 경이롭다.

조선일보 마라톤, 동아일보 마라톤, 황영조 마라톤, 이봉주 3·1절 마라톤, 손기정 평화 마라톤 등 국내 공인 마라톤 대회에 20차례 출전을 했다.

기록이야 현역 선수와 비교할 수 없겠지만 42.195Km를 완주한 게 자랑스럽다. 80대 노구를 이끌고 마라톤 전 구간을 20차례나 완주하기란 드문 일이다.

'인생은 마라톤'이란 금언이 있다.

마라톤은 인간 승리를 보여주는 스포츠 종목이다.

'할아버지 마라토너' K 군의 기록은 인간 승리다.

마라톤은 하계 올림픽 주 이벤트 종목이다.

올림픽 경기의 마지막 종목으로 시상식도 폐회식에서 직접 거행한다. 전 세계인들이 보는 가운데 IOC 위원장이 직접 메달을 수여하고 우승국의 국가國歌가 연주된다.

마라톤은 축구, 100m 육상과 함께 올림픽 3대 인기 종목이다.

할아버지가 마라톤 코스를 달리는 모습은 감동적이다. 나이와 상관없이 마라톤에 도전하고 완주하는 것은 엄청난 힘과 인내력을 요구하는 스포츠다. 인간의 체력과 정신력, 지구력이 한계에 이르는 힘든 운동이다.

할아버지가 마라톤을 선택하는 이유는 다양할 수 있다. 건강 유지와 몸과 마음의 활력을 찾기 위한 도전일 수도 있다.

마라톤은 몸과 정신의 건강을 지키는 데 도움을 준다. 목표를 향해 노력하고 성취감을 느낄 수 있는 좋은 방법이다.

할아버지의 열정과 끈기는 주변 사람들에게 영감을 준다. 건강하고 활기찬 삶을 추구하는 모범이 될 수 있다. 할아버지의 마라톤 도전은 우리 모두에게 용기와 희망을 전해준다. 우리 친구 '할아버지 마라토너' K 군의 인간 승리가 자랑스럽다.

누이동생

오늘은 전설 속의 견우와 직녀가 만난다는 칠석七夕날이다.

음력 7월 7일 칠석 이튿날은 누이동생의 생일이다.

내게는 두 누이동생이 있다. 칠석 이튿날 태어난 바로 아래 여동생과 막내 여동생이다. 5남매의 맏이인 나는 두 누이동생과 두 남동생이 있지만, 형과 누나는 없다. 믿음직한 형, 예쁘고 정이 넘치는 누나가 있는 친구들이 부러웠던 적도 있다.

오늘은 내일 생일을 맞는 누이동생에게 카톡으로 축하의 글을 보냈다.

옛날 종이에 쓰던 편지처럼 장문의 글을 써 보냈다.

나는 추석 다음 날 세상에 나왔고, 다음 다음 해 칠석 이튿날 누이동생이 태어났다. 나이 터울이 2년이 채 되지 않아 우리는 비슷한 시기에 함께 성장한 셈이다.

생전에 어머니께서는 내게 더러 말씀하신 적이 있다.

'네 여동생 때문에 너는 젖배를 곯았느니라!'

다른 동생들보다 우리 오누이는 대화와 감정의 교류가 많았었다. 다른 동생들보다 친숙했고 우애가 좋은 편이었다.

학교도 내가 1년 앞서 다녔다.

고등학교 때부터 누이동생은 문학적 소질이 있었다.

'엽葉'이란 필명을 가지고 시작詩作도 하였다. 그런데 공무원이셨던 아버지의 불호령으로 누이동생은 뜻을 접어야만 했다. 아버지의 반대로 꿈을 포기하는 여동생이 보기 안타까웠다.

농촌의 대농가였던 우리 집은 식구가 무려 15~6인의 대가족이었다. 조부모님, 부모님, 초등학교 교사 고모 두 분, 삼촌 두 분, 우리 5남매, 어머니 시중들던 숙이, 농사일하는 머슴 아저씨들, 집안은 늘 어수선했고 농사철은 눈코 뜰 사이 없이 분주했다.

어느 날인가 누이동생은 같은 반 친구 여학생을 집으로 데리고 왔다. 그 여학생은 며칠이 지나도 우리 집에 계속 머물며 학교에 다니는 것이다. 많은 식구 보살피느라 고생하시는 어머니 생각을 하면, 누이동생과 친구 여학생이 미웠다. 여동생 친구는 우리 집, 식구가 되어 고등학교 때까지 함께 살았다.

수십 년 세월이 지나고 알게 된 사연에 나는 놀라고 감동했다. 누이동생 친구 그 여학생은 도시 가정에서 유복한 생활을 하고 있었다.

어느 날 갑작스러운 가정 파탄으로 갈 곳 없는 불우한 처지가 된 것이다. 누이동생은 불쌍한 처지가 된 친구를 무작정 집으로 데려온 것이다.

엄격하신 할아버지 앞에 무릎을 꿇고 자초지종을 말씀드렸다.

자손들의 배움을 위해서는 모든 걸 아끼지 않으시던 할아버지, 장학獎學이념이 남다르셨던 할아버지셨다. 할아버지께서는 쾌히 허락하셨고 그 여학생은 한 지붕 아래 가족이 되었다.

나는 누이동생의 용기와 우정에 놀랐고 감탄을 하였다. 원래 착하고 온순했던 여동생의 인간애가 내심 존경스러웠다. 누이동생은 초등학교 교사로 정년을 마치고 노년을 행복하게 보낸다.

4남매 자식들 모두 잘 길러 남보란 듯 남혼여가男婚女嫁시켰고, 저희도 효심이 지극한 것 같다.

일찍이 종교에 귀의해 진실한 가톨릭 신자가 되었다. 노구에도 성경 전권을 필사한 노력과 끈기에 다시 한번 놀랐다.

사람이 세상에 태어나 사랑하는 가족들과 소박한 마음으로 오순도순 살아가는 것도 진정한 행복이다. 자랑스럽고 사랑하는 누이동생을 보며 인간의 행복이란 걸 생각해본다.

일찍이 독일의 대문호 괴테는 '왕이든 백성이든 자기 가정에서 평화를 발견하는 사람이 가장 행복한 사람'이라고 했다.

가정과 가족이야말로 진정한 사랑과 행복의 원천이다.

치매와 함께 온 친구

오랜만에 만난 친구, 그는 치매 환자가 되어 부인의 부축을 받으며 우리 앞에 나타났다. 옛 친구의 상황이 예상과 다르다 보니 당황스럽고 한편 서글프기도 했다. 그런 중에도 친구 곁에서 시중을 들며 정성으로 남편을 지키는 부인의 모습에서 사랑과 헌신을 느낄 수 있었다.

코로나 역병 3년에 그 후 2년, 무려 5년 만에 만나는 친구였지만 그는 말없이 나를 쳐다보기만 하고 있다. 악수는 했지만 아무런 감정이 없다.

"나 누군지 알아?"

여전히 초점 흐린 눈빛으로 나를 바라만 보고 있다.
가슴이 저리고 울음이 나올 것만 같아 내가 얼굴을 돌렸다. 식사도 부인이 먹여 주는 대로 받아먹기만 한다.

5년 전만 해도 그 누구보다 똘똘하고 활기찼던 친구가 말 한마디 못 하고 무표정한 모습이니 많은 사람을 안타깝게 했다. 친구들 가운데 늘 합리적 사고와 논리적 언변을 자랑하던 친구다.

알츠하이머 치매 판정을 받고 부인 혼자서 4년 넘게 간병하고 있단다.

식사 목욕 잔심부름 등 하루 24시간을 남편 곁에서 간병만 하며 세월을 보냈다는 이야기는 감동적이었다. 부부간이라도 사생활은 있게 마련이다. 잠시도 남편 곁을 떠나지 못하는 어머니를 본 자녀들의 권유로 지금은 '주간 보호'를 받고 있다는 것이다. 부인의 사랑과 희생이 눈물겹고 아름다워 마치 천사를 연상케 했다.

친구들과 직접 대화가 되지 않으니 부인이 친구들 하나하나 이름을 부르며 남편에게 얘기를 시켰지만 끝내 소통이 되지 않는다.

맞은편에 앉았던 내가 친구에게 많은 이야기를 했지만 내 말에도 끝내 메아리가 없었다. 그런데 어느 순간 나를 바라보던 친구가 밝은 미소를 짓는다.

아! 친구야!

순간 나도 모르게 감탄하며 눈시울이 붉어지려 했다.

매월 모임 때마다 서울서 멀리 오느라 고생했다며 차비라고 내 호주머니에 돈을 넣어주던 친구다. 인정 많고 의리가 남다르며 신의가 두터운 친구였다.

100세를 바라보는 장수 시대가 도래하고 있다지만, 인간에게 장수는 축복이자 재앙이기도 하다. 고령자들이 가장 두려워하는 질환 중 하나인 치매는 환자뿐 아니라 가족들에게도 큰 고통을 주는 질환이다.

가족을 잃는다는 것은 어떤 이별보다도 아픈 일이다.

치매로 인하여 가족이나 친지를 잃는다면, 그 고통은 더욱 크고 비참한 일이다. 치매는 점차 가족의 기억과 정체성을 잃게 되며, 마지막에는 다시는 그들을 알아볼 수 없을 때가 찾아온다. 그 순간, 가족이나 친지들은 마치 낯선 사람같이 된다. 상대의 이름을 불러 내지 못하고 얼굴도 기억을 못 하게 되는 것이다.

치매 환자들은 상대의 존재를 잊어버리고 아픔을 남긴다.

환자와 상대 간 이별의 고통은 단지 슬픔만을 가져오는 것이 아니라 많은 깨달음을 준다.

가족과 함께 보낸 소중한 시간을 되돌아보며, 그들이 우리에게 미친 영향들을 되새기게 된다. 그들의 사랑과 희생을 잃지 않고, 기억하며 살아가야 한다. 인간의 이별은 아픔이지만, 그 아픔을 통해 더욱 강해질 것이다.

우리는 가족을 위해 더욱 노력하고 사랑을 나누며 소중한 순간들을 만들어야 한다. 그리고 그것이 우리의 마지막 작별 인사다.

이별이란 아픔과 슬픔을 안겨 주지만 깨달음도 준다.

알츠하이머 치매를 앓고 있는 친구를 돌보는 부인의 모습에서 인간의 깊은 애정과 강인함을 볼 수 있었다.

그녀는 남편의 변화하는 모습과 싸우면서도 한결같은 사랑과 희생으로 돌보고 있었다. 그 부인의 이야기는 많은 사람에게 감동을 주고 우리 모두에게 사랑의 가치를 일깨워주고 있다.

그녀의 남편을 향한 끝없는 사랑과 헌신은 한편의 '순애보殉愛譜'였다.

어버이날

신록의 계절 5월은 모든 게 풍요롭고 아름다운 계절이다.

어린이날, 어버이날, 부부의날, 스승의 날, 성인의 날…. 부처님 오신 날.

계절은 풍요롭고 가까운 이들이 서로 만나 축복을 기원하는 인정 넘치는 절기이다. 해마다 아내와 나는 자식들로부터 카네이션 꽃을 받고 맛있는 식사에 용돈까지 받으며 풍성한 어버이날을 보낸다.

축복의 날이지만 부모님이 돌아가신 사람에게는 허전한 날이기도 하다.

교도소에서 복역 중인 죄수들에게 물었다.

'세상에서 누가 제일보고 싶은가?'라고 하니 두 개의 답이 가장 많았다.

'엄마'와 '어머니'라는 답이 제일 많아지고 보니 의아하지 않을 수 없다. 엄마와 어머니는 둘 다 똑같은 대상인데 왜 누구는 엄마라 했고, 왜 누구는 어머니라고 했을까? 그래서 엄마와 어머니 차이를 다시 물었다.

"엄마는 내가 엄마보다 작았을 때 부르고, 어머니는 내가 어머니보다 컸을 때 부른다고." 한 죄수가 편지로 대답을 하였다.

엄마라고 부를 때는 자신이 철이 덜 들었을 때고, 철이 들어서는 어머니로 부른다는 것이다.

그런데 첫 번째 면회 때 어머니가 오시자마자 어머니를 부여안고 "엄마!"하고 울었다는 것이다. 세상에 어디에도 엄마와 어머니를 명확히 한 곳은 없겠지만, 엄마는 세상에 그 누구보다 소중한 존재다.

불가의 부모은중경父母恩重經에는, 어머니가 우리를 낳을 때는 3말 8되의 응혈凝血을 흘리시고, 낳아서는 8섬 4말의 혈유血乳를 주셨다고 한다.

나를 낳아서 키워주신 엄마에 대한 고마움은 인간의 필설筆舌로는 불가능한 은혜인 것이다. 그런데 아버지는 손님! 부모는 일심동체로 자식을 낳았는데 어머니보다 아버지는 손님이란다.

현시대를 살아가는 힘없는 아버지에 대한 서글픈 이야기가 회자되고 있다.

외국 유학하러 간 아들이 어머니에게는 매일 전화로 소식을 주고받는데, 아버지에게는 늘 무심하게 지냈다. 어느 날 아들이 갑자기 아버지 생각을 하였다.

아버지께서 열심히 일한 덕분에 외국 유학까지 하며 아버지께는 감사한 적이 없다. 어머니만 부모 같았지, 아버지는 늘 손님같이 여기며 살아온 것을 후회하였다. 오늘은 아버지께 위로와 감사의 말씀을 드리려고 전화를 하였다.

마침 아버지가 전화를 받자마자,

"그래, 엄마 바꿔 줄게!"

하시는 아버지 말씀이었다. 평상시에 하던 대로 자연스럽게 나온 대응이었을 것이다. 아들은

"아니요, 오늘은 아버지하고 이야기하려고요."

아들은 말했다. 그러나 아버지는

"너, 돈 떨어졌냐?"

하고 물으신다. 그러니까 아버지는 '돈 주는 사람'에 불과했다. 아들은 다시

"아버지께 큰 은혜를 받고 살면서도 그동안 너무 불효했던 것 같아 오늘은 아버지와 말씀 나누고 싶어요."

이에 대해

"너, 술 먹었니?" 하더란다. 〈고 이어령 교수〉

어버이날은 부모님과 함께 보내는 소중한 시간이다.

부모님이 돌아가시고 안 계신 사람에게는 어버이날 허전함이 어느 때보다 크다. 부모님과 함께 보낸 아득한 추억과 빛바랜 사진이 부모님 생각 전부다.

하늘이 그리워지는 어버이날, 마음 한편에 자리 잡은 그리움이

조용히 물결친다. 돌아가신 부모님의 따스한 눈빛, 그 손길, 그리고 사랑 가득했던 따뜻한 목소리가 아직도 귀에 맴돈다.

부모님 안 계신 텅 빈 자리만큼이나 커다란 그리움 속에서, 부드러운 바람결에 부모님 온기를 느끼며 마음 깊은 곳에서 흘러나오는 그리움을 담아 봅니다.

어머니, 아버지!
하늘에서도 행복하시길 빕니다.
그리고 사랑합니다.

포노사피엔스

사람은 일상생활에서 그것이 없으면 어쩐지 허전하고 불안하며, 심지어는 금단 현상까지 일어나는 물건이 있다. 오늘날 우리가 하루하루 살아가며 늘 몸에 지닌 스마트폰을 말한다.

한 끼 밥은 굶어도 스마트폰 없이는 하루도 살 수 없다는 사람도 있다. 때와 장소를 가리지 않고 스마트폰 들여다보느라 고개를 들지 못하는 '저두족低頭族'들을 일컫는 말이다. 문자 그대로 '고개 숙인 족속'들을 의미하고 있다.

2015년 3월 영국의 경제주간지 '이코노미스트'는 '포노사피엔스'의 시대가 도래했다는 내용의 기사를 실었다. 스마트폰 없이는 살 수 없는 새로운 인류문명의 시대를 얘기한 것이다.

현대인들은 스마트폰 등장으로 시공간의 제약 없이 서로 소통할 수 있고 정보 전달이 빨라져 정보 격차가 해소되며 그 어느 때보다 편리한 생활을 영위하고 있다. 스마트폰 없이는 일상생활이 힘들어 지는 사람이 늘어나면서 등장한 용어가 바로 포노사피엔스이다.

'지혜가 있는 인간'이라는 의미의 호모사피엔스에 빗대어 포노사 피엔스(지혜가 있는 핸드폰을 쓰는 인간)라고 부르는 데서 나온 말이다. 포노사피엔스라는 새로운 명칭이 나올 만큼 스마트폰의 등장은 세 상을 급격하게 변화시키고 있다.

스티브 잡스가 2007년 아이폰을 세상에 내놓을 때만 해도 이런 엄청난 속도의 변화를 예측하지 못하였다. 스마트폰은 세상에 나온 지 10년 만에 전 인류의 생활에 가히 혁명이라 부를만한 변화를 가 져온 도구가 되었다. 아이폰의 창시자 스티브 잡스는 순식간에 인 류를 스마트폰 문명으로 이동시키고 있다.

애플은 10년간 세계인구 30억 명이 넘는 사람들이 스스로 스마 트폰을 사용하게 한 기업이다. 스마트폰으로 인한 우리들의 일상생 활은 상상을 초월할 만큼 크게 바뀌고 있는 현실이다.

먼저, 요즘은 은행을 찾아가는 일들이 크게 줄어들고 있다. 대부 분의 은행 업무가 스마트폰을 통한 인터넷뱅킹으로 가능해졌기 때 문이다. 2018년 통계로 보면 은행 거래 건수의 80% 이상이 자동화 기와 인터넷뱅킹으로 이루어지고 있다. 은행 창구의 거래 건수는 10% 이하로 떨어져 은행 지점들은 문을 많이 닫는 현상이다.

유통산업 부문의 경우를 보아도 마찬가지다. 백화점이나 대형 마트의 현장 거래는 점차 줄어들고 온라인 거래는 급격히 늘어나고 있다.

방송 산업 통신 산업 할 것 없이 산업의 모든 분야에서 혁명적인 변화가 일어나고 있다.

휴대용 전화기로 시작된 스마트폰이 이처럼 인간 생활의 모든 것을 바꾸어 놓을 줄 누가 알았겠는가? 인류문명의 진화가 무서운 것은 절대로 역변逆變 없다는 데 있다. 결국, 미래 사회는 스마트폰과 인터넷을 기본으로 하는 디지털 문명사회로 발전할 것은 명백하다.

스마트폰 등장 10년 만에, 즉 포노사피엔스 시대가 되어 인간 삶의 방식이 완전히 변화하고 있다. 인간 생활의 발전은 인류문명을 선도해 왔다.

우리는 신문을 보거나 라디오, TV를 보는 대신에 스마트폰을 보면서 살아가고 있다. 금융도, 쇼핑도, 대금결제도, 각종 검색도 스마트폰으로 해결을 하고 있다. 이런 문명의 변화는 시장의 모든 분야에서 현실이 되어가고 있다.

제4차 산업혁명은 정보통신 기술의 융합으로 이루어지는 차세대 산업혁명이다. 포노사피엔스는 인공지능과 더불어 4차 산업혁명의 주인공이 될 것이다.

대한민국은 지난 60년 동안 전 세계가 부러워할 만큼 엄청난 발전을 이룬 나라다. 노벨 화학상, 물리학상 하나 받지 못한 나라에서 첨단 나노기술의 종합예술이라는 반도체산업 세계시장 1위를 차지하고 있다.

삼성전자는 스마트폰, 메모리, 디스플레이 등 포노사피엔스 시대에 가장 중요한 제품들에서도 세계시장 1위를 석권하고 있다.

우리나라는 포노사피엔스 시대, 디지털 소비 문명 시대를 앞서가는 최선진국 국가가 될 가능성이 가장 큰 나라다.

육이오 전쟁과 한미동맹

자유와 평화의 의미를 한 번 더 생각해 보는 6월이다.

1950년 북한군의 불법 남침으로 6·25전쟁이 발발하여 대한민국 전역이 전쟁터가 되었다. 3년 1개월 동안 계속된 전쟁으로 한국군과 유엔군 17여만 명, 북한군 60여만 명, 민간인 사상자 수백만 명이 발생하였고 국토는 폐허가 되었다. 1953년 7월 정전협정으로 전투는 잠정 중단되었지만, 아직도 끝난 전쟁은 아니다.

6·25전쟁에 목숨을 바친 선열들의 숭고한 애국정신을 기리고 그들의 명복을 빌어야 한다. 미국을 비롯한 16개국 유엔군의 도움이 없었다면 지금의 대한민국은 존재할 수 없다.

지구상에 어느 곳에 있는지도 모를 만큼 존재감 없고, 가난한 후진국의 전쟁터에 사랑하는 자식들을 보내 목숨을 잃게 한 부모들의 슬픔을 어떻게 위로할 수 있을까? 105세 철학자 김형석 교수의 최근 저서 '백 년의 지혜'를 읽으며 감동적인 이야기에 가슴이 뭉클했다.

김형석 교수님 큰따님은 1960년대에 미국으로 유학하러 갔다.

대학 기숙사에 머물고 있을 때 근처에 있는 교회에서 유학생들을 위한 저녁 파티에 초대를 받았다. 키가 작고 어려 보이는 한국 여학생은 한복을 입고 파티에 참석하였다. 자기소개 시간에 인사하는데 50대 부인이 옆자리로 왔다. '당신이 H 양이냐?'고 물었다. 한국 유학생이 있다는 연락을 받고 만나고 싶었다며 친절히 대해 주었다. 부인은 여학생과 대한민국에 대해 여러 가지 질문을 하였다. 파티가 계속되는 동안 그분은 시종 여학생 모습을 살피며 친절과 사랑이 넘치는 후의를 베풀었다. 파티가 끝날 때 부인은 자기 집에 초대하고 싶은데 올 수 있겠느냐고 했다. 전화번호를 나누어 갖고 헤어지며 여학생은 외로운 이국땅에서 그 부인이 어머니처럼 느껴졌다.

얼마 후 연락을 받고 약속한 대로 저녁 식사를 겸한 시간에 부인 집을 찾아갔다. 여러 가지 한국 얘기를 나누다가, 하나밖에 없는 그 집 아들이 6·25 전쟁 때 한국에 출전했다가 전사했다는 사실을 알았다.

중공군이 남침해 들어오면서 함경도 전선에서 소식이 끊어졌다. 한국의 푸른 하늘은 한없이 맑은데, 전쟁이 끝나고 평화가 오면 부모님과 함께 보고 싶다는 편지가 마지막이었다. 헤어질 시간에 부인이 '우리 아들 방을 보겠느냐?'고 하면서 안내를 하였다. 아들이 쓰던 방이 그대로 보전되어 있었다. 책상 오른편에 젊은 청년이 밝은 웃음을 띠고 찍은 사진이 보였다. 사진 속의 그 아들은 당장이라도 방문을 열고 들어올 듯 정답게 보였다. 슬픔을 참지 못한 여학생은 자기도 모르게 부인 품에 안기며 울고 말았다.

겨우 눈물을 닦고 안정되었을 때 그 아버지가 입을 열었다.

'이제는 괜찮아졌어요. 내 아들은 한국 사람들의 자유와 평화를 위해 목숨을 바쳤기 때문에 우리는 누구보다도 자랑스럽게 생각합니다. 언젠가는 한국을 방문하고 싶어요. 평화롭고 행복하게 잘 사는 사람들을 보면서 내 아들의 자랑스러운 생애를 기억하고 싶어요.' 라고 했다.

6·25 한국전쟁에서 미국을 비롯해 16개국 유엔군이 참전하여 우리를 도와주었다. 한국의 자유와 평화를 위해 목숨을 바친 유엔 참전국 전우들의 희생은 헛되지 않았다. 대한민국은 전쟁의 폐허에서 경제발전과 국력 신장으로 선진 강국으로 우뚝 서 있으며 세계의 주목을 받고 있다.

지금도 한국을 찾아오는 미국과 다른 참전국 노병들은 대한민국을 위해 목숨을 바친 전우들의 희생이 헛되지 않았다고 말한다.

한미동맹은 대한민국과 미국 사이의 긴밀한 동맹 관계로, 한반도의 안정과 평화를 유지하는 데 중요한 역할을 하고 있다. 한국전쟁에서 미군의 참여는 국제적인 동맹과 한국의 안전 보장을 위하여 중요한 역할을 하였다.

한미동맹은 대한민국과 미국 모두에게 이익이 되는 동맹으로, 한반도의 안정과 발전을 위해 계속해서 강화되고 유지되어야 한다.

한미동맹은 자유와 평화를 위한 역사적 사명에서 태어났다. 인간의 자유와 평화를 위한 휴머니즘의 결실이다.

현재 대한민국 국민 가운데 6·25전쟁을 체험한 사람들은 30% 정도인 것으로 추정된다. 전쟁의 비극과 참상을 알지 못하는 전후 세대 정치인들이 많다.

어쭙잖은 이념에 빠져 미국을 폄하하고 북한을 추종하는 주사파 운동권 정치인들은 동작동과 부산 유엔군 묘지의 영혼들을 고이 잠들게 해야 한다.

막내아들

장마철에는 평소와 달리 일상생활도 불규칙한 것 같다.

오늘도 일찍 집을 나섰지만, 갑자기 내린 비로 운동은 무산되었다. '만 보 걷기'를 위해 우산을 받쳐 들고 중랑천 둑을 터벅터벅 걸었다. 여러 날 계속된 장맛비에 강물이 제법 많이 불어났다.

저만큼 멀리 막내가 근무하는 회사 건물이 바라보인다. 같은 아파트 단지 내에 살면서도 아들 얼굴 본 지가 오래된 것 같다.

어제저녁 막내가 직장 회식 끝나고 부모님 드시라고 염소탕을 포장해 가져왔다는 아내의 말이 떠올랐다. 얼굴 보고 얘기라도 잠깐 나누고 싶어 전화했다. 정문에서 잠시 기다리니 막내가 걸어 나오고 있다.

커피를 마시며 이야기를 하다가 무심코 바라보니 머리가 희끗희끗한 모습이다. 막내아들 흰 머리카락을 처음 본 순간 나는 당황했다.

아! 세상에 이럴 수가…. 한숨을 쉬지 않을 수가 없었다.

나 자신은 나이를 먹고 늙어 간다는 걸 자각하면서도, 자식들 나이 먹는 건 까마득히 잊고 세월을 보냈다. 왠지 서글프고 억울한 감정이 솟구친다.

그동안 2남 1녀 삼 남매가 성장해 50대 장년이 되어있다. 세월의 덧없음을 한탄하며 그동안 자식들 성장에 가시밭길을 걸어온 아내가 눈물겹게 고마웠다.

귀갓길 한나절 지하철 안은 한적하다. 자리에 앉으니 전동차 덜컹거리는 소리가 요란하다. 눈을 감고 명상에 잠겨 옛날을 회상해 본다.

막내의 어린 시절이 아련히 떠오른다.

초등학교 입학 전이었다. 명절이나 기제사 때면 고향에서 대가족이 모여 북적대던 시절이다. 저의 엄마가 하루 이틀 집을 비우는 날은 보채고 칭얼대며 식구들을 힘들게 한다. 어우르고 비위를 맞추어도 그치지를 않는다. 종아리를 때리겠다고 위협을 하면

"엄마가 너무 보고 싶단 말이야…."

제 의사는 분명히 표명했다. 엄마 손 잡고 시장 따라갔다가 은행 지점에 들렀다. 창구 안에서 결재하는 낯익은 얼굴을 보더니 "저기 우리 아빠 친구 있다" 소리를 쳐 영업장 손님들이 모두 웃었다는 일화도 있다.

초등학교 때 텔레비전만 보고 공부하지 않는다고 TV를 철거해 벽장으로 옮긴 때도 있었다. 부모가 집을 비운 날은 TV를 벽장에서 꺼

내다 몰래 시청했다는 옛날이야기를 해 온 가족이 웃은 적도 있다.

개성은 뚜렷해도 착하고 욕심 없으며 남과 다투지 않는 선량한 막내다.

결혼한 지 10년이 지났지만, 아이가 없는 게 늘 내 마음을 아프게 한다. 똑똑하고 총명한 막내며느리도 보기에 안타깝다.

예쁜 손주 하나라도 있으면 얼마나 좋을까? 나는 지금 시대에는 맞지 않는 생각을 한 것 같다. 시대착오적인 감상이었다.

옛날 어른들은 '무자식 상팔자'라는 말을 했다. 또 '가지 많은 나무 바람 잘 날 없다.'라는 이야기도 했다. 그냥 농담이거나 자식 없는 사람을 위로하는 정도로 알았다.

부부가 맞벌이하며 의도적으로 자식을 갖지 않는 가정을 '딩크족'이라 한다. 1980년대 후반 미국에서 등장한 가족 형태가 우리나라에서도 크게 번지고 있다. 최근 한국 노동연구원 조사에서 우리나라 맞벌이 부부도 36%가 무자녀라는 통계가 나와 있다.

독일의 한 매체 '도이체 벨레(DW)'에서는 '한국은 만 18세까지 자녀를 양육하는데 전 세계에서 가장 비용이 많이 드는 국가'라고 했다. 한국의 최저 출산 원인도 높은 양육비 때문이라고 했다. 매체에 따르면 한국 부모는 지난해 자녀 1인당 양육비로 국내 총생산(GDP)의 7.79배에 달하는 비용을 들였다고 한다.

한 자녀를 18세까지 양육하는데 3억 6,500만 원을 사용한 셈이다.

지금 한국 사회에서 부모가 온 힘을 다해 자녀들 뒷바라지를 하고 나면 부모에게 남는 것은 거의 없다. 부모 자신들은 노후 보장이 되지 않는 고난의 길을 걸어야 한다.

　자식이 없어 노년에 좀 외롭더라도 평생 자식 때문에 힘들게 고생하는 것보다는 낫다는 생각일 것이다. 지금의 젊은이들은 모든 걸 잘 알고 있는 것 같다.

　세월이 흘러가며 어느 날 갑자기 눈에 띈 막내아들 흰머리를 보며 허탈하고 서글픈 감정을 느꼈다. 자식이란 부모의 분신으로 사랑할 수밖에 없는 존재다. 그 자식들이 부모에게 잘하든 못하든 간에 그 사랑은 본능적이다.

　막내아들 내외의 건강과 행운을 빈다.

목화꽃 영웅

세상을 살아가며 부닥치는 큰 어려움이 무엇일까?

사람마다 생각에 따라 여러 가지가 있을 것이다. 기아, 질병, 추위, 전쟁, 문맹文盲 등이 가장 큰 어려움이다.

'춥고 배고프다'라는 옛말이 있다. 먹을 것 없고 추위에 시달리는 어려운 처지의 처량한 삶을 한탄하는 말이다. '등 따습고 배부르다'라는 옛말은 현실의 삶이 몹시 어렵지 않다는 의미일 것이다.

인류에게 추위를 극복해야 하는 것은 숙명적 과제였다.

수천 년 우리 역사에서도 백성들은 추위에 떨며 살아왔다. 물론 지배층에서는 비단이나 호피虎皮 등으로 추위에 크게 노출되지 않고도 살아왔다.

대다수 백성은 그럴 형편이 되지 않았다. 겨울에도 삼베옷에 닭털이나 억새꽃을 넣어 보온하는 정도였으니 그 어려움은 형언하기 어렵다.

나에게는 어릴 적 농촌에 살며 목화 농사짓던 시절의 추억이 있다.

밭에 목화씨를 뿌리면 싹이 돋고 자라 여름철이 되면 목화꽃이 피었다.

목화꽃이 피기 전 다래를 따 먹은 기억이 있다. 궁핍하게 살던 시절이라 달짝지근한 그 맛이 너무도 좋았었다.

다래가 모두 익으면 껍질이 벌어지며 하얀색 목화꽃이 탐스럽게 피어난다.

햇볕에 말리면 솜의 원료가 된다. 밭에서 목화를 거두어 손질하며 말린다. 길쌈을 하는 날은 동네 아낙네들이 물레를 가지고 작업을 하러 모인다. 물레로 솜에서 실을 뽑아 깨끗하게 손질하여 무명천을 짠다.

할머니께서 베틀 위에 앉아 실이 담긴 북을 좌우로 움직이며 무명천을 짜던 광경이 지금도 눈에 선하다.

목화의 보급은 우리나라 의생활衣生活의 혁명과 함께 수공업의 발달과 결혼풍습의 변화를 가져왔다.

10개의 목화씨가 중국에서 우리나라로 넘어온 역사는 고려 말에서 시작된다.

문익점이 중국의 강남으로 유배하러 갔다가 목화씨를 몰래 붓뚜껑에 담아 왔다는 것은, 오늘날 연구가들 사이에서는 하나의 야담으로 취급될 뿐이다.

고려사나 조선왕조실록 등 그의 행적을 기록한 정사에서는 문익점이 사신으로 중국에 갔고, 귀국할 때 목화씨 10개를 소중히 담아 왔다는 것이다.

문익점은 귀국 뒤 공민왕과 부원파 세력의 투쟁에 휘말려 파직을 당하고 고향으로 내려갔다. 낙향 후 장인과 함께 처음으로 목화재배를 실험했다.

첫해 재배에서는 10개 씨앗 중 단 한 개만 살아남았다.

한 개 살아남은 씨앗이 100여 개 씨앗이 되었고, 수년간의 재배 끝에 목화의 국내 재배가 가능하게 되었다. 이후 경상도와 전라도에 급속히 보급되었다.

목화재배는 성공했어도 목면으로 옷을 만들고 이불을 지으려면, 목면의 씨를 빼고 솜을 타고, 천을 짜는 기술이 필요했다.

문익점은 씨앗과 물레의 제조 기술을 전수하여 개발까지 하였다.

개발한 물레로 목면을 짜니 백성들은 겨울나기가 쉬워졌다. 목면의 보급은 의생활의 혁명만 가져온 것이 아니었다. 목면으로 무명을 만드는 직조 수공업이 발달하였고, 평민들의 결혼풍습까지 바꾸어 놓았다.

문익점은 생활에 큰 어려움이 없는 고위 관료였다. 그러나 백성들의 어려움을 그냥 볼 수 없어 목화씨를 가져와 재배에 성공한 것이다. 중국을 다녀온 수많은 사람이 있었지만, 오직 문익점만이 목화씨를 가져올 생각을 하였다. 어려운 생활에 시달리는 백성들에 대한 남다른 측은지심惻隱之心이 있었기에 가능한 것이다.

공무원의 신분으로 백성들 어려움을 헤아려 이처럼 큰 업적을 남긴 공은 청사에 영원히 남은 것이다.

문익점은 우리 겨레를 어려움에서 구해낸 영웅이다.

우리 농협 조합장

1960년대 후반 대학을 졸업하고 사회에 진출하여 처음 맞은 직장이 농업협동조합이었다.

농협중앙회장 사령장을 들고 찾아간 곳은 어느 농협 군 지부이었다. 사회 초년생에게는 평범한 은행 지점 같은 인상을 받았다.

농협은 농민의 자주적 협동 조직으로 농업생산력 증진과 농민의 경제적 사회적 지위 향상을 위해 설립된 기관이라는 걸 늦게 알았다.

지금의 농협은 1958년에 설립된 농업협동조합과 1961년 농업은행이 통합되면서 금융기관까지 겸하는 종합 농협이 되었다. 설립 초기에는 이동조합과 그 연합체인 시군지부, 중앙회로 이어지는 구조였다.

이동조합은 초창기 자립 능력이 없어 농협중앙회의 지원과 지도를 받았다. 시군 조합에서는 '이동조합 육성'이라는 경영방침을 세우고 조합을 지도 육성하고 있었다.

은행 업무시간 이외에 현장에 출장 나가 출자금으로 받은 쌀자루를 메고 다니며 출자 독려를 하던 기억이 지금도 생생하다.

농촌이 가난하고 궁핍하던 시절, 연말 결산을 위한 각종 자금 회수는 시군 조합 직원들에게는 가장 힘겹고 어려운 일이었다. 영농자금 비료 농약대 등 각종 미수금이 회수되어야 연말 결산이 가능하던 시절이다. 은행 업무시간을 피해 현장에 나가 자금을 회수하고 밤늦게 사무실로 귀임하는 게 예사였다.

밤이 되어 낯선 시골길을 걸으며 출장을 갔던 추억은 회상하면 꿈만 같다.

오랜 세월이 지나는 동안 농협은 장족의 성장 발전을 하였다. 도시에서 은행이라면 시골에서는 농협이라는 말이 나올 정도로 농촌 지역에서는 압도적인 영향력을 가진 금융기관이 되었다.

농업생산과 농촌에 거주하는 사람들에게 이제 농협은 없어서는 안 되는 존재가 되었다. '이동조합 육성'이라는 구호가 무색해졌다.

나는 농협 근무 30년 만에 정년퇴직하고 귀향하였다. 돌아가신 아버지 뒤를 이어 농협 조합원이 되었다. 내 집 다음으로 평안하고 깨끗한 안식처가 조합 사무실이기도 하다.

은행 업무를 비롯하여 각종 거래를 친절하게 처리해 주는 직원들이 흐뭇하고 대견스럽기도 하다. 직원들에 대한 각종 교육의 효과일 것이다.

우리 지역 농협 조합장의 조합 운영과 농촌 운동을 보며 지금의 농협이 성장 발전한 이유를 알 것 같다는 생각이 든다.

농협 조합장!

한국 직업 사전에 등재된 직업의 수는 약 16,000개 정도다. 수많은 직업 가운데 '농협 조합장'처럼 힘들고 어려운 직업은 없을 것이다.

어떤 조직이나 단체의 활동을 주도하는 사람을 우리는 리더(Leader)라 한다. 조직이 있으면 목표가 있고, 목표가 있으면 목표를 달성할 조직 구성원이 있으며, 그들 주변에는 늘 지도자가 있는 법이다.

우리 조합은 1969년에 '남이리 농협'으로 발족한 작고 초라한 기관이었다.

2008년 12대 현 조합장이 취임한 이래 우리 농협은 상상을 초월하는 성장 발전을 이룩하였다. 역대 조합장들이 하지 못한 쾌거였다.

정부 보조금과 연관되어 용도 외 사용이 금지된 큰 건물이 있었다. 장기간 사용할 수 없어 방치되어 흉물 같았던 건축물을 과감하게 헐고 그 자리에 주유소를 설치하였다. 조합 주유소 사업은 대성공을 이루고 있다. 역대 조합장들이 하지 못한 쾌거였다.

사람이나 기관의 이름은 남에게 나를 알리고 홍보하는 데 큰 역할을 한다.

남이 농협에서 '남청주 농협'으로 명칭을 바꾸었다. 결코, 쉬운 일이 아니다.

전국적으로 남이 농협은 몰라도 충북 도청소재지 청주시 소재 '남청주 농협'을 모를 수는 없다.

'남청주농협 가마 지점' 개점은 조합장의 경영 능력을 입증한 시금석試金石이었다. 신규점포 개설의 고정 투자는 장기간의 경영 적자를 감수해야 한다.

가마 지점은 일이 년 단기간 적자 끝에 손익분기점을 넘어섰다.

2020년 신축 청사와 하나로 마트 개점은 조합의 커다란 자랑거리다.

대도시 속 건물의 밝고 쾌적한 사무실이 부럽지 않고, 새로 단장한 마트는 도심 속의 백화점을 들어서는 느낌이다.

전국적으로 천 개가 넘는 지역 농협 가운데, 인화단결과 친절 봉사의 자세로 조합원의 실익 증진과 지역사회 발전에 기여한 공로로 인정받아 농협중앙회가 수여하는 최고 영예의 상 '총화 상'이라는 게 있다. 농협 조합장이라면 누구나 부러워하는 영예의 총화 상을 우리 조합은 2012년과 2023년 두 차례 수상하였다.

우리 농협 조합장의 리더십을 생각해 본다.

그의 농협 경영과 농촌 운동의 리더십은 효심孝心에서 유래하는 것 같다. 그는 요즘 같은 각박한 세상에 보기 드문 효자다.

'장병에 효자 없다'라는 속담에도 불구하고 그는 긴 세월 동안 병석의 부모를 봉양하였다. 성균관장의 '효부상'을 비롯하여 여러 표창과 수상은 그의 부모님에 대한 효행에는 이르지 못할 것이다.

부모의 은혜를 알고 느끼고 감사하고 보답하려는 마음, 그것이 곧 효심이요 효성이다.

부모에게 효도하려는 마음은 인간의 자연스러운 휴머니티다.

눈이 오나 비가 오나 궂은 날씨에 조합을 내방한 노인들을 자기 차로 집에 모셔다드리는 장면을 자주 보게 된다.

조합원의 사망 소식에 빈소를 가장 먼저 찾아가고 문상과 호상을 하는 우리 조합장이다. 남을 불쌍히 여기는 마음, 성현 맹자의 측은지심惻隱之心이라는 것을 알 수 있을 것 같다.

경로사상은 동양의 가장 아름다운 사상 가운데 하나다.

현실에서 소외당하기 쉬운 늙은이를 공경하고 순종하는 태도는 인성人性의 가장 깊은 표현이다.

우리 농협의 괄목할 경영 성과나 줄기찬 농촌 운동은 조합장의 휴머니즘과 솔선수범의 리더십에 있는 것 같다.

3 사람답게 산다는 것

나이를 먹는 것만으로 늙는 것이 아니다.
이상을 잃었을 때 비로소 늙는다.

건국 대통령 기념관

장맛비가 오락가락하고 무더위가 기승을 부린다.

후쿠시마 오염수로 정치하는 사람들은 악다구니 싸움을 하고 있다.

높아지는 불쾌지수에 하루하루가 피곤하고 역겹다.

짜증스러운 일상 속에서도 모처럼 시원한 바람이 불었다.

건국 대통령 기념관을 세운다는 낭보가 들려와 유쾌한 기분이다.

우리나라는 국가 위상이 세계적으로 10위권에 들어섰다.

그러나 건국 대통령 기념관 하나 없는 부끄러운 나라다.

선진국이라고 하면서 초대 대통령 기념관이 없다는 건 수치스러운 일이다. 역대 대통령 기념관이 모두 있지만 유독 건국 대통령 기념관만 없다.

초대 대통령 우남 이승만 박사와 영부인 프란체스카 여사 유물은 지금 사적 공간인 '이화장'에 소장되어 있다.

초대 대통령 기념관을 세우지 못한 책임은 정치권에 있다. 특히 좌파정권들이 추종하는 민족사관은 놀랍고 무섭다.

대한민국 역사박물관에서 건국 대통령 이승만과 '한강의 기적'을 일군 박정희 대통령의 흔적을 지웠다.

두 대통령이 독재자였고 친일파라는 이유였다.

이승만 박사는 역사적으로 항일 투쟁을 한 독립운동가가 아니던가. 한국전쟁 때는 미군을 참전시켜 우리의 영토를 지켜냈다. 이승만 대통령이 아니었으면 지금의 대한민국은 존립할 수 없었다.

오늘의 남북한 현실을 보면 건국 대통령과 산업화를 이룬 박정희 대통령의 선견지명에 놀라움을 금할 수 없다.

수백만 백성이 굶어 죽고 삼대 세습 독재정권 치하에서 허덕이는 북한 주민을 보라.

두 전직 대통령 덕분에 대한민국은 세계 10대 강국이 되었다. 전 세계 사람들이 부러워하는 산업화 민주화를 이루고 풍요롭게 살고 있다. 배부르게 넘쳐나니 범죄자 전과자들도 정권을 잡겠다고 정권투쟁을 한다.

기아와 빈곤에 시달리는 북한 동포들에게 자유와 평등이란 허망한 꿈이다.

정쟁 속에 지지부진했던 건국 대통령 기념관이 건립된다.

새로 바뀐 정권에서 기념관 건립의 첫발을 떼었다.

정부 지원으로 건립위원회가 설립되고 사업이 진행되고 있다.

박정희, 노태우, 김영삼, 김대중 대통령의 자녀들이 초당적으로 함께 힘을 모으는, 뭉클한 장면도 연출되었다.

원로배우 신영균 씨는 건립 용지로 한강 변에 있는 사유지 4,000평 기증을 약속하였다. 이승만 박사가 옛날 낚시를 했던 곳이라니 더욱 의미가 있는 것 같다.

건국 대통령 기념관은 대한민국 역사와 대통령 업적을 기록하고 기리는 공간이다. 기념관은 국가의 번영과 발전을 이루어온 대통령의 헌신을 기리는 장소다. 국가의 역사를 기록하고 전승하는 역할을 하는 게 대통령 기념관이다.

문서, 사진, 비디오 등을 통해 대통령 치적을 국민에게 전달한다. 우리의 과거를 보존하고 알리는 역할을 한다. 이를 통해 국민은 과거의 성취와 어려움을 이해하고, 미래를 위한 교훈을 얻을 수 있는 것이다.

역대 대통령들은 나라의 발전과 번영을 위해 힘써 왔으며, 그들의 지도력과 헌신은 국가 발전에 큰 영향을 미쳤다.

건국 대통령 기념관은 국민에게 애국정신과 시민의식을 고취하는 역할도 하게 될 것이다.

대통령들의 이야기와 업적은 우리에게 용기와 희망을 주며, 국가에 대한 애정과 책임감을 불러일으킨다.

우리의 정체성과 자존심을 강화하는 중요한 장소인 건국 대통령 기념관 설립이 이제야 시작된 건 만시지탄晩時之歎 감이 있다. 훌륭하고 아름다운 초대 대통령 기념관을 빨리 보고 싶다.

몽골 기행

여행을 싫어하는 사람도 있을까?

허구한 날 되풀이되는 일상생활을 벗어나 훌쩍 어딘가로 떠나간다는 것은 무엇보다 즐거운 일이다. 특히 외국 여행은 우리를 설레게 할 만큼 충분한 매력이 있다.

여행은 어디로 가는가도 중요하지만, 누구와 가는가가 더욱 중요하다.

취향과 기질이 같지 않은 동반자와의 여행은 갈등의 짐만 지고 돌아올 수도 있다.

코로나 때문에 3년 넘도록 해외여행을 못 했다.

오랜만에 고등학교 동기생 6명이 몽골 여행을 결정하였다.

비행기 표를 마련하고 설레는 기분으로 여행 준비를 하고 있었다.

출발 며칠을 앞두고 두 사람이 여행을 못 하게 되었다.

문제의 발단은 건강 문제였다.

노년에는 여행도 뜻대로 되지 않는다는 현실이 안타까웠다.

나이를 먹는다는 게 굴욕감마저 느끼게 한다.

계속되는 더위와 장마로 불쾌지수가 높은 여름 날씨다.

코로나가 잠잠해지니 그래도 공항은 인산인해다.

인천 국제공항을 이륙한 여객기가 몽골에 도착하는 데는 세 시간 남짓 걸렸다.

몽골 수도 울란바토르로 가 늦은 점심을 먹었다.

인구 140만 몽골 수도의 도시 모습은 어느 나라 도시 모습과 다를 게 없다. 긴 차량 행렬과 건물이 즐비하고 거리는 인파가 넘친다.

몽골은 러시아와 중국에 둘러싸인 중앙아시아에 있는 국가다. 한반도 면적의 7배인 광활한 국토 면적에 인구는 350만 가깝다.

이 나라의 1인당 국민 소득은 5천 달러 미만이다.

울란바토르 시내에는 한국인 식당이 어느 곳에서나 눈에 뜨인다.

첫날밤을 보내고 호텔 식당에서 아침 식사가 끝나니 차가 와 있다.

우리 일행 네 사람과 운전사와 안내원(부부)만 탄 차는 수도를 벗어나 남쪽으로 달리고 있다. 망망대해처럼 펼쳐지는 넓은 초원을 차는 여러 시간 달려간다.

나무 한 포기 보이지 않는 드넓은 초원 곳곳에 수많은 소와 말, 양과 염소 떼들이 한가로이 풀을 뜯는 풍경이 목가적牧歌的이다.

하늘을 못 보고 인파와 소음에 시달리는 대도시에 산다는 건 질곡桎梏의 생활이다.

전후좌우로 펼쳐지는 초원의 지평선은 끝없이 이어지고 있다. 도시 생활에 숨 막힐 듯 찌든 가슴이 뻥 뚫리는 기분이다.

오후 늦게 우리를 태운 차는 돌과 바위만 바라보이는 비포장도로로 접어든다. 신기하고 경이로운 기암괴석들이 눈길을 끈다.

옛날 미국 서부 여행 때 그랜드캐니언을 처음 보며 감탄했던 추억이 떠오른다.

수도를 떠나 10여 시간을 달려 '바가지르촐로' 캠프에 도착했다.

고비사막으로 진입하는 전초 캠프 지역 같다.

게르(몽골사람들 이동식 천막집)에서 이틀째 밤을 맞았다. 비바람만 가리고 겨우 누울 수 있는 나지막한 움막집이다. 초라한 공간이지만 양고기에 곁들여 마시는 러시아산 보드카는 우리를 감동하게 하는 것 같았다.

고교 시절부터 80 평생 넘게 살아온 친구들의 인생 역정은 파란만장했다. 추억에 물리고 정담에 빠져 친구들은 밤이 이슥하도록 시간을 보냈다.

3일째 아침에는 궂은비가 내리고 있다.

우리는 여행 계획을 변경하였다. 고비사막으로 가 밤하늘의 별을 보며 트레킹 하려던 여행 코스(2박 3일)를 포기하고 울란바토르로 돌아온 것이다.

9박 10일 일정은 6박 7일로 바꾸고 시내 관광을 하였다.

4일째는 종일 '테를지 국립공원'을 관람하고 왔다.

광활한 국토에 비옥한 초원과 기암괴석으로 수놓은 관광자원이 풍부한 나라.

5일째는 울란바토르 시내 관광에 나섰다.

사려니숲길, 자이승 전망대, 이태준 기념공원, 재래시장, 부다공원….

마지막 날 칭기즈칸 마상 동상과 기념관 관람을 마지막으로 관광은 끝났다. 칭기즈칸은 역사상 가장 유명한 정복왕으로, 유목민들로 분산되었던 몽골을 통일한 임금이다.

칭기즈칸의 정복 전쟁 경로를 나타내는 지도에는 아시아와 유럽 모두가 들어가 있다.

칭기즈칸 기념관의 이 지도는 몽골리안의 자존심이리라.

국가의 흥망성쇠는 역사로 남는 법이다. 한때는 전 세계를 정복했던 몽골제국의 역사는 우리에게 많은 교훈을 주는 것 같았다.

윤동주 생가

죽는 날까지 하늘을 우러러 한 점 부끄럼이 없기를
잎새에 이는 바람에도 나는 괴로워했다.
별을 노래하는 마음으로 모든 죽어가는 것을 사랑해야지.
그리고 나한테 주어진 길을 걸어가야겠다.
오늘 밤에도 별이 바람에 스친다.

내게 가장 좋아하는 서정시이다. 늘 혼자서도 암송을 하고 즐겨
읊는다.
 '서시'에는 일제 강점기를 살아간 지식인의 고뇌가 있다.
 도덕적 순결성에 대한 고뇌를 극복하려는 의지를 드러낸다.
 현실의 어둠을 견뎌내면서도 사랑을 잃지 않았다.
 자연의 섭리를 깨닫고 미래에 대한 희망을 노래했다.
 이 시를 통해 우리 민족은 희망을 잃지 않고, 계속해서 살아가야

한다는 걸 배웠다.

우리 국문학을 대표할 수 있는 시 중의 하나라고 한다.

최근 중국 정부가 길림성에 있는 윤동주 생가와 안중근 의사의 기념관을 폐쇄했다는 매스컴 보도가 있었다. 한국 독립운동사에서 중요한 의미가 있는 유적지 두 곳이 잇따라 문을 닫은 것이다.

유적지를 폐쇄한 표면적 이유가 시설 보수 공사라지만 아니다. 외교적으로 껄끄러워진 한·중 관계의 영향 때문이다.

십여 년 전 백두산(장백산) 관광 여행 기억이 떠오른다. 중국의 동부 3성(길림성, 요령성, 흑룡강성)을 여행했었다. 일본 강점기에 이곳은 우리 조상들의 항일 독립운동 근거지였다.

지금도 우리 민족의 뿌리가 있고 전통문화가 살아 숨 쉬는 곳이다. 길림성 용정시를 가로질러 흐르는 해란강, 용두레 우물가, 안중근 의사 기념관과 윤동주 시인 생가….

옛날에 가 본 윤동주 시인 생가 모습이 아련하게 떠오른다.

화룡현 명동촌은 어릴 적 윤동주가 나고 자란 곳이다. 사방이 나지막한 산으로 둘러싸인 고요하고 한적한 동네다.

1900년경 윤 시인의 조부가 지었다는 남향 기와집이다. 기와를 얹은 열 칸 안채와 서쪽에 자리한 동향의 사랑채다. 양지바른 전통적 한옥 구조 가옥이다.

윤동주가 유년기에 공부하던 방, 방학 때 귀향하여 시를 쓰던 방이 있다. 담 안의 마당 군데군데 윤동주 시인의 시비가 서 있다. 가옥 옆 곳간에는 옷장과 가방 가재도구가 보였다.

우리는 국사 시간에 만주 땅인 고구려와 발해가 우리의 영토라고 배웠다. 대한민국이 통일되는 날 동북 3성 만주 땅은 우리와 제일 가까운 땅이다.

연길시의 도시 간판은 한글과 한문을 병기倂記하고 있다.

조선족 자치주로 우리 민족이 많이 살고 있다는 증거다.

여순 감옥과 안중근 의사, 독립운동가 요람인 명동 소학교와 윤동주 시인, 연해주 신한촌의 이상설과 최재형….

우리 독립운동사에서 빼놓을 수 없는 선열들의 숨결이 느껴지는 곳이다. 웅대한 고구려와 발해의 영토, 집안 시의 광개토대왕비와 장수왕 유적은 우리 민족의 자존심을 상징한다.

두만강 건너 손에 잡힐 듯 가까운 북한 땅은 스산하고 애처롭게 보였다. 일송정 푸른 솔과 두만강 푸른 물을 만나고 돌아서며 느꼈던 애잔하고 서글펐던 감정은 지금도 잊을 수가 없다.

중국은 스스로가 대국이라 하지만 실제 행동은 그렇지 못하다. 중국은 2012년 윤동주 생가를 복원하면서 입구에 '중국 조선족 애국 시인'이라는 비석을 세웠다.

한 백과사전에는 윤동주 시인의 국적을 '중국'으로 표기해 한국의 반발을 사기도 했다.

불편한 한·중 관계와 윤동주 시인의 국적 논란이 자랑스러운 우리 문화유산을 말살하려 하고 있다.

노인의 날

매년 10월 2일은 '노인의 날'이다.

경로효친 사상을 앙양하고, 전통문화를 계승 발전시켜온 노인들의 노고에 감사를 표현하기 위해 제정한 법정 기념일이다.

어린이날, 어버이날, 성년의 날, 부부의날….

국가가 지정한 법정 기념일이 많지만 '노인의 날'이 있는지는 미처 알지 못했다. 1997년에 지정된 이 기념일은 1999년까지 정부가 주관하다가 2000년부터는 노인 관련 단체에서 자율 행사로 개최되고 있다.

해마다 노인의 날에는 100살을 넘긴 노인들에게 정부가 백수白壽를 축하하고 무병장수를 기원해 준다. 대통령 명의의의 청려장靑藜仗 지팡이도 선물한다.

올해 청려장 지팡이를 받은 주인공은 2,623명이다. 할머니들이

2,073명으로 남성보다 서너 곱 많다. 10년 전보다 그 숫자가 곱절 이상 늘었다.

노인이란?

'나이가 많이 들어 늙은 사람'이 사전적 의미의 노인이다. '평균수명'에 이르렀거나 그 이상을 사는 사람도 노인으로 본다.

흐르는 세월 따라 나도 어느새 노인이 되었다.

노인이 된다는 건 거부감과 자괴감이 동시에 오는 것 같다.

전철이나 버스 안에서 아기를 동반한 여인에게 자리를 양보할 때가 있다. 고맙다는 인사를 받게 마련이다.

"할아버지 고맙습니다"

"아저씨 고마워요."

아저씨 호칭에는 그러려니 했는데, 할아버지라고 부르면 서운한 기분이었다.

노인이 되면서 느끼는 감정 중 가장 큰 것은 상실감이다.

상실감은 서글픔을 느끼게 한다. 시간이 지남에 따라 가족, 친구, 연인 등을 잃어 가며 더욱 깊어지는 감정이다.

옛날에는 쉽게 이룰 수 있던 일들이나, 만난 사람들, 아름답던 추억들이 그리움으로 남아있어 서글픔이 더해진다. 하지만, 이러한 서글픔은 어쩔 수 없는 것으로, 이겨내기 위해서는 자신에게 충분한 사랑과 관심을 가져야 한다. 자기 자신을 사랑하고 이해하며, 가족이나 친구들과 소통하고 의지하며 삶의 의미를 찾아야 한다. 또

한, 과거를 회상하며 추억을 되새기는 것도 좋지만, 현재의 새로운 경험을 쌓고, 삶을 즐길 필요도 있다.

노인에게 서글픔은 자연스러운 감정이다. 그 감정을 받아들이고 이겨내야 한다. 우리나라 노인들은 대부분 경제적 어려움을 겪고 있다. 연금이나 저소득으로 인해 생활비 충당이 어렵고, 의료비와 건강관리에 고생한다. 가족과의 소통 부족이나 사회적 활동 제한으로 고립을 당하고 있다. 사회적 연결 고립은 외로움과 우울감을 가져온다.

만성질환, 운동 능력 저하, 인지기능 하락은 일상생활의 자립을 불가능하게 한다.

노인들로서는 '자신을 골칫덩어리로 보는 듯한 고령화 이야기'가 달가울 리 없지만, 고령화는 피할 수 없는 현상이다. 경제적 안정, 사회적 참여 및 연결, 건강관리를 위한 정책은 국가가 안고 있는 큰 과제다.

일출日出의 찬란한 태양이 참신한 젊음이라면, 일몰日没의 붉은 노을은 황홀한 노인의 마지막 모습 같다.

붉은 노을이 찬란한 모습으로 빛나듯, 노년에는 여러 사람에게 평화로운 느낌을 주어야 한다. 노년은 단 하나의 삶이며 새로 전개되는 제3의 인생이다. 나이와 화해를 배우며 불편과 소외에 적응하고, 감사와 사랑에 익숙해야 한다.

노년은 잴 수 없는 시계 너머 시간이고 세월이다.

미국 시인 사 뮤엘 울만은 '청춘'이라는 시에서 유명한 시구^{詩句}를 남겼다.

"청춘이란 인생의 어느 기간을 말하는 것이 아니다. 때로는 스무 살의 청년보다 예순 살의 노인에게 청춘이 있다. 나이를 먹는 것만으로 늙는 것이 아니다. 이상을 잃었을 때 비로소 늙는다."

육신은 늙어도 이상과 꿈은 잃지 말아야겠다.

계묘癸卯년 세밑에서

계묘년이 서서히 저물어가고 있다.

내 인생에 다시는 맞을 수 없는 계묘년 노을이 지고 있다.

1월에 쏜 화살을 쫓아 어느덧 마지막 달까지 달려왔다. 마지막 남은 달력 한 장이 애절해 보이고 한 해 끝을 실감케 한다. 12월이라는 종착역을 향해 정신없이 달려온 한 해의 여정이었다. 넘어지고 다치고 때로는 눈물도 흘리며 달려온 계묘년 종착역이다.

하루는 24시간 한 달은 30일 일 년은 12달.

인생의 '정리 상자'처럼 나누어져 있는 삶의 틀 마지막 칸에 이르고 보니 감개무량感慨無量하다.

년 초에 처음 계획하고 희망하며 힘차게 시작한 삶의 여정이다. 어느 때는 칸마다 사랑을 채웠고, 어느 때는 칸마다 욕심과 아집을 채웠을 테고, 어느 때는 아무것도 못 채운 채 빈칸으로 흘려보냈을 것이다.

이제 되돌아가서 아쉬움을 담을 수는 없어도 무엇이 넘쳤고 어떤 것이 부족했는지는 지금 들여다볼 수 있다.

시리고 아팠던 날들은 나를 나답게 키워줬으며 또한 희망과 용기도 주었을 것이다.

한 해의 끝에 서면 늘 후회와 회한이 먼저 가슴을 메운다.

고마운 사람들, 아름다운 만남, 행복했던 순간들, 가슴 아픈 사연들….

내게 닥쳤던 모든 것들이 과거로 묻히려 하고 있다.

한 발 한 발 조심스럽게 옮기며 좋았던 일만 기억하자고 다짐했지만, 늘 회한이 가슴을 메운다.

좀 더 노력하고 더 사랑할 걸, 좀 더 참고, 의젓하게, 나를 위해 살자던 다짐도 못내 아쉬움으로 남는다.

헛되이 보낸 시간은 별로 이룬 것 없고, 잃어버린 것들만 남아 다시 한번 자책케 한다.

얼마나 더 살아야 의연하게 설 수 있을까?

내 앞에 나를 세워 두고 회초리를 들어 아프게 질타하고 싶다.

바라건대, 12월의 남은 날에는 함께한 모든 이들에게 '감사'하는 마음과 '사랑'의 마음을 전해야겠다.

내 이기심으로 혹시 누군가에게 상처를 주지는 않았는지 살펴봐야 하겠다. 나와 함께하겠다고 하는 모든 이들에게 사랑을 나누다 보면 햇살이 아름다운 빛으로 자리할 것이다.

남의 행복도 함께 기뻐하는 넉넉한 마음으로 올 한 해 못다 한 소망을 마무리해야겠다.

얼마 남지 않은 계묘년 한 해!

날씨는 추워지고 살기는 힘들어도 마음은 따뜻함을 잊지 말아야겠다. 좋은 사람들과 함께 인생을 살아간다는 것은 참으로 행복한 것이다.

한 해 동안 못다 한 감사와 사랑을 보내자.

이제 며칠 후면 계묘년을 보내고 갑진년을 맞는다.

묵은해를 보내고 새해를 맞는 송구영신送舊迎新 갈림길에 선다.

누구나 모삶에서 실패와 역경을 겪는다. 그러나 이를 기회로 삼아 자기 계발과 성장을 추구하는 사람들은 멋진 인생을 살아가는 것이다.

실패와 실수를 겪으면서도, 그것들로부터 배움을 얻고, 새로운 도전과 성장을 추구하여 더 나은 인생을 살아갈 수 있다.

계묘년의 붉은 노을을 숙연하게 보내자.

동녘 하늘 갑진년 새해의 찬란한 희망을 가슴에 안아 보자.

사람답게 산다는 것

'모든 길은 로마로 통한다.'라는 서양 격언이 있다.

이 속담은 단순히 로마의 도로망을 의미하는 것이 아니라, 삶의 여러 경로가 결국 하나의 중요한 목적지로 이끈다는 깊은 뜻을 지니고 있다. 다양한 방법이나 경로를 통해 결국 중요한 목적지로 이끈다는 심오한 의미를 지니고 있다.

지금 우리나라에서는 '모든 길은 돈으로 통한다.'라고 할 수 있을 만큼 배금사상拜金思想이 만연하고 있다.

돈으로 안 되는 게 없는 세태를 보며 마음이 아프다.

돈으로 권력을 사고, 권력이 생기면 그것으로 돈을 긁어모으는 세상이다. 돈과 권력만 있으면 사람을 마음대로 부리기도 한다.

대한민국 사람들은 지금 모두가 돈벌이에 혈안이 되어있는 것 같다.

의사들은 아니라고 하지만 지금 우리나라에서 돈벌이에 의사 직업이 최고를 차지하고 있다. 공과대학 출신이 과학자의 길을 버리고 의과대학으로 진학하는 현상이다.

인재들이 너도나도 의과대학으로 몰리는 현상은 결국 돈 때문이다.

초등학생들을 대상으로 '의대 입시 반' 학원이 있다는 뉴스를 보고 놀랐다.

초등학교 '의대 입시 반' 학부모 설명회에 줄을 서고 경쟁률이 10대 1이라니 기가 찰 노릇이다. 자녀를 의사로 만들고 싶은 욕심에 풍비박산風飛雹散된 명문 집안도 있다.

권세와 명예를 자랑하던 한 폴리페서(정치교수)는 가짜표창장과 각종 허위 요건으로 딸을 의과대학에 보냈다. 불법이 드러나고 유죄 판결을 받았지만, 반성은커녕 안하무인眼下無人이다.

돈이란 일상생활에서 거래 편의를 위한 지불 수단일 뿐이다. 돈이 생활 수단이 아니라 삶의 목적이 되는 시대가 우리를 슬프게 한다.

지금 우리나라는 정치인들 돈 봉투 사건 때문에 야단법석이다. 한 거물 정치인은 돈 봉투로 표를 사고도 무죄라며 큰소리를 치는 세상이다. 돈을 받은 정치인들은 대가성이 없으면 무죄라고 주장하고 있으니 한심하다.

수십억 코인 재산을 감춘 국회의원은 구멍 난 구두 신고 다닌다며 가난뱅이 코스프레로 후원금 1위를 자랑한다.

오늘의 우리나라 정치인들에게 꼭 들려주고 싶은 이야기가 있다. "사람이면 사람이냐, 사람다워야 사람이지!"

기원전 399년 봄, 70세의 소크라테스는 아테네의 교도소에서 태연히 독배를 마시고 그 생애의 막을 내렸다. 부패하고 타락한 아테네 사람들의 양심과 사랑을 바로잡기 위해 시민들과 대화하고 가르치며 질책한 죄 때문에 사형선고를 받은 것이다. 그는 교도소에서 독배를 마시기 전에 사랑하는 제자 플라톤에게 말했다.

'사는 것이 중요한 문제가 아니라, 바로 사는 게 중요하다.'라고.

소크라테스는 바로 사는 방법은 진실하게 살고, 아름답게 살고, 보람 있게 사는 것을 강조하였다.

사람이 생존하는 것은 어떻게 사느냐가 가장 중요하다. 거짓되게 살며 추잡하게 살고 무의미하게 살기를 바라는 사람은 세상에 한 사람도 없을 것이다.

누구나 인생을 바로 살기를 원한다. '바로'라는 말이 제일 중요하다. 말도, 생각도, 행동도, 생활도 바로 해야 한다.

정치도 바로 해야 하고, 경제도 바로 하고, 교육도 바로 하고 모든 것을 바로 해야 한다.

소크라테스는 또 외쳤다. '철학은 죽음의 연속'이라고.

철학이라는 학문은 죽음의 연속, 죽는 공부, 죽는 준비, 죽는 훈련을 하는 학문이다. 언제 죽더라도 태연자약하게 죽을 수 있는 마음의 자리를 준비하는 것이 철학이다.

잘 사는 것이 중요한 문제가 아니다. 바로 사는 것이 중요하다. 바로 살아야 잘 살 수 있다. '사람이라고 다 사람이 아니다, 사람답게 살아야 사람이다.'

"바로"사는 사람이 사람답게 사는 사람이다.

우리는 인생을 바로 사는 지혜와 태연하게 죽을 수 있는 준비를
해야 한다.

지금 바로

인생 80대가 되면 웬만한 상가喪家나 결혼식장 참석을 꺼리게 된다. 더구나 친구의 부음 소식에는 문상 문제로 마음의 갈등을 겪는다.

고인이 된 친구의 유족들에게 인사하는 자리에, 처음 대면이 서먹서먹하고 쑥스럽게 느껴진다.

절친했던 고교 동기생이 타계했다는 부음을 받고 병원 영안실을 찾았다. 친구 영정사진을 물끄러미 바라보고 묵념을 하였다. 살아있는 사람과 죽은 사람 사이에는 추억의 상념만이 대화를 대신했다.

장례식장을 나와 전철을 타고 집에 도착할 때까지 마지막 떠난 친구 모습이 계속 떠오른다. 학창 시절부터 사회생활을 하며 평생 우정을 나눈 친구다.

더러 소주잔이라도 나누는 자리에서는 늘 노년의 꿈을 이야기했다.

전원생활을 꿈꾸며 멋진 노년의 생활을 하자고 했었다.

어린 시절 살던 고향 땅에 아담한 전원주택을 짓고, 아름다운 꽃과 나무를 가꾸며, 텃밭에는 채소를 심어 친구들에게 보내자고 했다.

매월 한 차례씩 국내 테마여행을 하고 일 년에 한 번씩 해외여행도 다짐했다.

그에게는 이루지 못한 꿈이 되어 나를 슬프게 한다. 나에게 선망의 꿈을 불어넣어 준, 그 친구는 오늘 아무 말도 없었다.

사람은 누구나 꿈을 간직하고 살아간다. 그러나 우리는 평소에 저렴한 신발에, 허름한 옷을 입고, 값비싸고 귀중한 것들은 아끼며 살아간다. 그런데 죽은 사람의 물건을 정리해 주는 유품 정리사들의 말에 따르면, 사람들은 대개 제일 좋은 것은 써보지도 못하고 죽는다고 한다. 그렇게 안 좋은 것만 쓰고, 안 좋은 것만 먹으며, 아끼다가 죽으면 결국 우리 인생은 안 좋은 것으로 채워진 채 끝나는 거 아닌가.

가장 멋있는 옷과 신발, 제일 맛있고 고급스러운 음식, 가장 보람 있는 여행, 많은 사람은 예측할 수 없는 미래를 위해 모든 걸 유보한 채 살아간다.

사회학을 전공한 한 교수의 정년퇴직 기념 마지막 강의가 회자되고 있다.

교수는 칠판에 썼다.

"말기 암으로 5개월 시한부 삶을 선고받았을 때, 나는 무엇을 할 것인가?"

"여행을 가겠다."

"등 돌린 친구들과 화해를 하겠다."

"소문난 맛집을 찾겠다."

"세계여행을 떠나고 싶다"

"내가 사랑했던 여자를 찾아보고 싶다"

"아무런 생각도 떠오르지 않을 것 같다"

학생들은 저마다 가슴에 담았거나 그려 온 생각들이 있는 것 같았다. 그런데 한 학생만이 손으로 턱을 괸 채 창밖만 바라보고 있었다. 과제 제출 5분 전 신호를 듣고 무언가를 단숨에 적었다.

"나는 내일에 희망을 걸지 않는다. 오늘을 사는 일만으로도 나는 벅차다.

지금, 이 순간만 생각하며 사는 하루살이처럼 살고 있다. 그러므로 나는 최선을 다해 오늘을 살 수밖에는, 그것이 남은 삶을 향한 내 사명이다."

100여 명 학생 중에 그만이 유일하게 과목 성적 A 학점을 받았다.

과거는 돌릴 수 없고, 미래는 아직 오지 않았다.

유일하고 실존하는 삶은 오늘에 있다.

홀러간 시간은 되돌릴 수 없고, 오늘이 없으면 덧없어지는 것이 내일이다. 미래는 불확실하므로 내 것이 아니다. 할 일이 있다면 지금 시작해야 한다.

'어제는 역사였고 내일은 미스터리이며 오늘은 선물이다.'라는 말이 있다.

인생 삶의 황금시간은 내가 숨 쉬고 있는 '바로 지금'이다.

지금 바로 시작하라!

대한민국 소멸

'30~50클럽'은 세계에서 손꼽히는 경제적 성공을 이룬 나라들을 의미한다.

1인당 국민 소득 3만 달러 이상, 인구 5천만 명 이상이라야 해당한다. 경제 성장과 정치 민주화를 달성한 대한민국도 가입이 되었다. 일본, 미국, 독일, 영국, 프랑스. 이탈리아에 이어 7번째로 가입한 나라다.

이들 나라를 통상적으로 세계적 선진 강국으로 인식하고 있다. 그런데 우리의 선진 강국 꿈이 생각보다 일찍 깨지지 않나 의구심이 든다. 고령화와 '인구감소'라는 불길한 징조가 나타났기 때문이다. 저출산 고령화 현상은 이미 나타났고 국정과제 1순위가 되고 있다. 고령화와 저출산 현상은 상상을 초월할 만큼 빠르게 진행되고 있다.

독설가로 유명한 테슬라 창업자 '엘론 머스크'가 한 말이 놀랍다.

"한국은 지금의 출산율(0.7%)이 변하지 않는다면 3세대 안에 현재 인구의 6% 밑으로 떨어질 것이다."

현재 한국의 인구 5천1백만 명이 300만 명으로 쪼그라든다는 것이다.

머스크는 출산율이 낮은 일본과 이탈리아도 '사라질 것'이라고 하였다.

반세기 이전까지만 해도 우리나라 출산율은 6.16명에 달해, 현재의 아프리카 국가들 출산율과 비슷했다.

'산아제한'이라는 국정 목표에 '덮어놓고 낳다 보면 거지꼴 못 면한다.'라는 표어까지 도입했었다.

많이 태어난 아기들 덕분에 우리나라 인구는 1949년 2천만 명을 갓 넘어 2012년에 5천만 명 돌파했다. 60여 년 만에 인구가 2.5배 증가한 것이다. 인구 증가와 경제 성장이 맞물려 국부國富가 증대되었고 선진국 반열에 들어섰다.

선진국 상징인 OECD 국가는 물론 유엔 회원국 193개 국가 중 국력 10위권 이내의 선진 강국 위상을 유지하고 있다.

2001년에 출산율이 1.3명으로 하락하면서 2020년을 기점으로 인구감소가 시작되었다. 문제는 인구감소 속도가 세계에서 가장 빠르다는 것이다.

14세기 유럽의 흑사병 창궐로 인구가 절반으로 감소한 서양 역사가 있다.

뉴욕타임스의 "한국은 사라지고 있나?(South Korea Disappearing?)"라는 칼럼에서 우리나라 저출산을 흑사병으로 인구가 감소했던 상황보다 심각한 수준이라고 경고했다. 북한이 남침할 수 있다고도 덧붙였다.

전 세계적으로 가장 가파른 한국의 고령화·저출산 추세에 대응하지 못하면 유럽의 흑사병보다 심각할 수 있다는 전망이다. 초저출산은 국방뿐 아니라 의료 복지 부문에도 심각한 타격이다.

2006년부터 정부는 저출산에 대응한다며 380조 원 예산을 썼으나 출산 기피는 오히려 더 심해지는 현상이다. 숫자만 보면 그야말로 백약이 무효다. 원인과 해법을 몰라서가 아니라 제대로 실천을 못 한 탓이 크다.

자본주의 사회에서 경제 주체는 가계, 기업, 정부다. 국민 세금으로 나라 살림을 하는 정부는 기업가 정신에서 배워야 한다.

최근 국내 한 기업이 저출산 대책에 모범을 보여 화제다.

부영 그룹은 2021년 이후로 출산한 직원들에게 자녀 1인당 1억 원씩을 지급하기로 했다. 지난해 6월 고향 주민들과 초중고 동창생들에게 1억 원씩 현금을 선물하여 '통 큰 기부'를 했던 그룹 회장이다.

이번에는 저출산 해결을 위해 '통 큰 복지정책'을 꺼냈다. 부영 그룹은 갑진년 시무식에서 '대한민국은 현재의 출산율로 저출산 문제가 계속되면 20년 후 경제생산 인구수 감소와 국가 안전 보장과 질서 유지를 위한 인력 부족 등 국가 존립 위기를 겪게 될 것'이라고 강조했다.

2021년 이후 출산한 직원 자녀 70명에게 1억 원씩 70억 원을 지급하고, 셋째까지 출산한 임직원에게는 국민주택 제공도 약속했다.

심각한 저출산 문제에 대한 정부의 출산 장려 정책을 기업이 앞서 반영한 것이다. 기업 이윤을 사회에 환원하는 너무 훌륭한 기업이다.

지금 우리나라는 저출산과 인구감소, 빠른 노령화 문제로 절체절명의 위기에 놓여 있다. 이것은 개인의 문제를 떠나 국가 존립의 심각한 문제다.

정월 대보름

올해도 어김없이 정월 대보름이 찾아왔다.

우수 절기가 지나고 닷새 만에 맞은 대보름이다.

다른 일 때문에 왔지만, 시골에 오기를 잘한 것 같다. 복잡한 도심 속에 있으면 보기 힘들 대보름 달맞이를 할 것 같은 기대감 때문이었다.

다소 쌀쌀한 날씨였지만 해 질 무렵 집 뒷동산으로 올라갔다. 오랫동안 계속된 궂은 날씨 탓에 오늘도 구름이 낀 서쪽 하늘이 보인다.

구름 사이로 가끔 보름달이 얼굴을 내밀다 사라지곤 한다. 신통치 못한 달맞이를 마치고 산에서 내려왔다.

옛날에는 설날부터 정월 대보름날까지 명절 분위기가 이어졌었다. 어린 시절 손꼽아 기다리던 설날이 되면 온 세상이 내 것 같은 기분이었다. 설 전날인 작은 설날부터 새로 사 온 신발과 설빔 입을 생각에 어쩔 줄 몰랐다.

설빔이 자랑하고 싶어 동네 고샅을 뛰놀던 어린 시절 추억은 영원하다.

설날이 지나도 친구들과 어울려 동네 어른들을 찾아뵙고 세배를 잊지 않았다. 여느 때와는 달리 아이들에게도 어린 손님으로 융숭하게 대접하셨다.

설날이 지나고 이튿날도 다음날도….

설 명절 즐거움은 대보름날까지 그치지 않았다.

건넛마을 사랑방에서 신명 나게 윷놀이하며 밤이 이슥하도록 함성을 치던 어른들은 모두 안 계시다. 생각할수록 너무 허탈하고 무상한 기분이다.

동네 널찍한 공터에는 동네 아낙네들이 웃고 떠들며 널뛰기가 한창이었다.

서녘 해가 질 무렵 뒷동산에서 연날리기하다가 연줄이 끊어져 멀리 도망가는 연을 바라보며 발을 동동 구르고 울던 어린 시절 추억이 지금은 쓴웃음이 되었다. 축제의 날은 매일매일 계속되어 정월 대보름날 절정에 이른다.

대보름날은 먹거리가 너무도 풍족했다. 대보름날 빠지지 않는 오곡밥은 찹쌀, 조, 수수, 팥 콩 등 다섯 가지 곡식을 섞어서 지은 밥이다. 오곡밥과 함께 먹던 '묵나물'은 먹은 나물이라고도 하여 맛과 향기가 구미를 돋우었다.

고사리, 도라지, 시래기, 취나물, 호박고지, 가지고지 등을 원료로 했던 그 나물들은 현대인들 건강식품에도 좋은 것으로 보아 조상들의 지혜가 놀랍다.

대보름날 먹는 음식 중에는 오곡밥 말고도 다양했다. 더위를 피하게 한다는 '묵나물', 부스럼 생기지 못하게 한다는 '부(스)럼깨기' 좋은 소식 듣기만 바란다는 '귀밝이술'도 있었다.

정월 대보름날 세시 풍속은 다양하고 풍요로웠다. 우리 전통문화에서 즐기는 세시 풍습의 4분의 1이 정월 대보름에 몰려 있다.

대보름날 빼놓을 수 없는 풍속은 달맞이 행사다. 만월滿月을 바라보며 소원을 빌고 농사의 풍년을 점치기도 하였다. 대보름달에 달무리가 지면 그해는 더 많은 복과 행운이 있다고 했다. 할머니께서도 그러셨고 어머니께서도 대보름날 밤에 휘영청 밝은 달빛 아래 집 뒤 장독대로 가신다. 장독대에 정화수 떠 올리시고 보름달 향해 기도하셨다.

가정의 화목과 건강, 자식들 잘되라고 달빛 아래서 정성스럽게 빌던 아련한 모습이 생각하면 지금도 가슴 뭉클하다.

달은 지구에서 가장 가까운 위성으로 우주 생명의 전형이다. 달의 차고 기욺에 따라 조석 간만의 차가 큰 지형상 우리는 달의 영향을 크게 받고 있다. 한국인의 우주관, 세계관, 인생관, 생활 풍속에 미치는 영향은 태양보다 달이 더 크다고 한다.

설날, 대보름, 추석도 달 중심의 명절이고, 문학을 비롯한 각종 예술에서도 정서적 심미적 상징의 중심이다.

정서적으로 정월 대보름은 설날보다 더 큰 명절이었다.

'설은 나가서 쇠어도 보름은 집에서 쇠어야 한다.'라는 속담도 있다.

객지에 나간 사람도 정월 대보름에는 꼭 고향에 돌아와야 한다는 뜻일 것이다.

인간이 놀이를 즐기는 이유는 다양하다. 놀이는 재미와 즐거움을 제공하며 긍정적인 감정을 유발할 수 있다. 창의력과 상상력을 키우고, 사회적 상호작용과 협력을 촉진한다. 세시 풍속과 전통문화를 유지 발전시켜야 하는 이유다.

기독교 문화권의 성탄절 축제가 있다면, 우리에게는 '설과 대보름'이라는 전통문화가 있다. 아름다운 세시 풍속과 우리 전통문화가 사라져 가는 세태가 안타깝다.

전도몽상顚倒夢想

전도顚倒란 앞과 뒤가 뒤바뀐다는 이야기다.

몽상夢想이란 꿈같은 생각이라고 보면 된다. 전도몽상이란 앞뒤가 뒤바뀐 꿈같은 생각을 의미한다.

많은 현대인은 지금 전도몽상에 빠져 세상을 살아가고 있다.

이 말은 불교의 '반야심경'에 나오는 구절로, 모든 사물을 바르게 보지 못하고 거꾸로 보는 현상을 말하는 것이다. 사람은 착각 속에서 살기 때문에 자기가 사는 게 착각인 줄 모르고 산다.

전도몽상을 깨닫고 바르게 세상을 살아야 한다.

열흘만 살다가 버리는 집이 누에고치이고, 반년만 살다가 버리는 집은 제비집이며, 까치집은 일 년만 살고 버린다고 한다.

누에는 자신의 창자에서 실을 뽑아 집을 짓고, 제비는 제 침을 뱉어 진흙을 만들어 집을 지으며, 까치는 집 지을 볏짚을 물어 오느라 입이 헐고 꼬리가 빠져도 지칠 줄을 모른다고 한다.

날짐승과 곤충들은 이렇게 혼신의 힘을 다해 집을 지었어도 시절이 바뀌어 때가 되면 미련 없이 살던 집을 버리고 떠나간다.

그런데 사람들은 모든 걸 끝까지 움켜쥐고 있다가 종래는 빈손으로 간다.

인간은 선천적으로 무엇인가 소유하기를 원한다.

소유욕이 없다면 인간은 삶을 영위할 수 없다. 그 가장 기초적인 소유는 물질에 대한 것이다. 많은 물질을 소유할수록 큰 만족감을 느끼며 만족감이 높을수록 행복하다는 생각을 한다.

사람은 눈에 뜨이는 물질뿐만 아니라 눈에 보이지 않는 것에 대한 소유 욕망이 있다. 권력, 지위, 명예 등 정신적 소유 욕망도 인간 생활을 지배할 수 있는 것이기 때문이다.

성적 욕망과 사랑의 대상을 소유하는 일, 부를 축적하여 남을 지배하는 일 등은 일상생활에서 쉽게 볼 수 있는 소유 욕망이다.

소유에 대한 탐닉이 전도몽상에 빠져 자아를 상실하는 게 현대인들이다.

사람을 위해 돈(화폐)을 만들었지만, 사람들이 너무 돈에 집착하다 보니 사람이 돈의 노예가 되는 꼴이다.

몸을 보호하고 안락한 생활을 위해 옷과 승용차가 있지만, 너무 비싸고 호화롭다 보니 옷과 승용차를 보호하기 위해 부담을 느낀다. 주객이 전도되는 꼴이다. 평안하고 안락한 생활을 위해 집을 가지고 있지만, 집이 너무 호화스럽고 집안에 비싼 물건들이 너무 많으면 사람이 집을 지켜야 하는 '개 신세'가 되는 꼴이다.

사람은 이 세상에 태어날 때 아무것도 가지고 오지 않는다.

살만큼 세상 살다가 이 세상을 떠나갈 때도 빈손으로 가는 것이다. 그런데 한세상을 살다 보니 이것저것 내 몫이 생기게 되었다. 일상생활에 필요한 것들을 갖게 되지만, 때로는 그것들 때문에 적잖이 마음을 쓰게 된다.

필요 이상의 많은 것을 소유할 때 주객主客이 바뀌는 현상이 일어난다.

소유물이 주인이 되고 인간의 소유물의 종이 되는 셈이다.

많이 갖고 있다는 것은 흔히 자랑거리로 되어있지만, 그만큼 많이 소유물에 얽혀 있어 부담을 느끼게 된다.

인간의 역사는 어떻게 보면 소유사所有史처럼 생각도 된다.

더욱 많은 자기네 몫을 차지하기 위해 끊임없이 싸우고 분쟁을 일으킨다.

물건만으로는 성에 차지 않아 사람까지 소유하려 든다. 인간의 소유욕이 때로는 사람의 눈을 멀게 한다.

인간은 언젠가는 반드시 빈손으로 이 세상을 떠나야 한다. 내 이 육신마저 버리고 홀홀히 떠나갈 것이다. 하고 많은 물량일지라도 남아있는 사람들에게 주고 가야 한다.

크게 버리는 사람만이 크게 얻을 수 있다는 말도 있다. 물건으로 인해 마음을 상하고 있는 사람들에게는 한 번쯤 생각해 볼 말이다. 아무것도 갖지 않을 때 비로소 온 세상을 갖게 된다는 것은 무소유無所有의 또 다른 의미다.

4 우리를 슬프게 하는 것들

땅은 흙이고 흙은 만물을 살리는 바탕이다.
생명이 있는 모든 것은 흙에서 삶을 영위한다.

우리를 슬프게 하는 것들

"울음 우는 아이는 우리를 슬프게 한다.

정원 한편 구석에서 발견된 작은 새의 사체 위에 초가을의 따뜻한 햇볕이 떨어져 있을 때, 대체로 가을은 우리를 슬프게 한다.

숱한 세월이 흐른 후에 문득 발견된 돌아가신 아버지의 편지,

동물원의 유리 안에 갇혀 초조하게 서성이는 한 마리 범의 모습 또한, 우리를 슬프게 한다.

초행의 낯선 어느 주막에서의 하룻밤, 시냇물이 졸졸 흐르는 소리, 곁 방문이 열리고 소곤거리는 음성과 함께 낡아 빠진 헌 시계가 새벽 한 시를 둔탁하게 치는 소리가 들릴 때, 그때 당신은 불현듯 일말의 애수를 느끼게 되리라…"

안톤 슈낙의 수필 '우리를 슬프게 하는 것들'에 나오는 글이다.

19세기에 쓰인 이 글은 낭만적 슬픔을 느끼게 한다.

21세기 대한민국에서도 우리를 슬프게 하는 것들이 있다.

한 폴리페써(Polifessor; 정치하는 교수)의 거짓말이 우리를 슬프게 한다.

그는 젊은이들에게 '가재, 붕어, 개구리'로 살라고 말했다. 그리고 자신의 자녀들은 하늘을 나는 용이 되기를 바랐다.

'개천에서 용 난다' 했지만, 지금은 더 개천에서 용이 나올 수 없다.

돈과 부모의 영향력 없이는 명문대학 가기가 힘든 세상이다.

가짜 표창장과 각종 허위 스펙으로 자신의 자녀들은 원하는 대학을 갔다. 비위와 불법이 드러나고 사회를 혼란스럽게 했다.

우리를 더욱 슬프게 하는 건 매스컴에 비치는 그 가족들의 처신이다. 딸은 매스컴에서 인기(?)를 누리고, 1심 유죄판결을 받은 아버지는 무죄라며 당당한 태도다.

돈 봉투 사건은 우리를 슬프게 한다.

사람끼리 돈을 주고받는 일은 일상생활 가운데 하나다. 직접 돈을 손에 쥐여 주는 것보다 봉투에 넣어 전해주는 게 예의다.

예절로 알았던 돈 봉투가 범죄 행위가 되어 수사를 받고 있다. 돈 봉투 사건의 중심에 있는 전직 야당 대표는 위세가 당당하고 오만해 보인다. 부르지도 않은 검찰을 찾아가 자기를 구속하라고 큰소리를 친다.

가상화폐 코인도 우리를 슬프게 한다.

가난한 정치인으로 위장한 채 수십억 원의 코인을 만졌다는 젊은 국회의원의 매끈매끈한 얼굴이 우리를 슬프게 한다.

진실은 외면한 채 '제 편'이라면 무조건 챙기고 떼를 쓰는 군상群像들은 우리를 더욱 슬프게 한다.

정치인들은 말을 하며 먹고 사는 사람들이다. 그 말은 국민에게 희망과 위로가 되고 감동을 주는 것이어야 한다. 우리 정치인들의 저속한 언행은 국민을 한없이 슬프게 한다.

국민의 대표 기관이라는 국회를 보라.

국가와 국민을 위한 봉사가 아니라 정권을 다투는 투쟁의 장場이다. 가짜 뉴스 생산과 '내로남불'을 일삼고, 정쟁에만 몰두하는 '싸움터'다

우리 모두를 가장 슬프게 하는 것은 젊은이들의 무기력과 좌절이다. 집 안에서 나오지 않고 은둔 생활만 하는 청년들이 수십만에 이른다는 언론 보도가 있다.

일부 청년들의 '헬조선' '지옥 불반도' 라는 말은 충격적이다.

지옥 같은 대한민국을 헬조선이라 하고, 지옥의 불과 한반도를 합성한 말이 '지옥 불 반도'다.

연애, 결혼, 출산을 포기하는 '3포세대', 집 마련과 인간관계까지 포기하는 '5포 세대'에, 꿈, 희망마저 포기하는 '7포 세대'라며 자조自嘲하는 현실이다.

헬조선 사회의 금수저, 은수저, 동수저, 흙수저 등의 계급이 회자되고 있다. 수저의 선택은 본인 선택이 아닌 출생에서 결정된다고 비판한다.

젊은이들이 희망과 용기를 갖게 해야 한다. 정직하게 열심히 노력한 만큼 보상을 받는 정의사회가 되어야 한다.

지금의 대한민국 정치는 분노의 정치다.

분노의 정치는 한없이 국민을 슬프게 하고 있다.

메멘토 모리

메멘토 모리(memento mori)!

라틴어로 '죽음을 기억하라'라는 오묘한 뜻을 지닌 글이다.

2,000여 년 전 로마 공화정의 개선장군의 환영식에서 비롯된 말이다.

개선 환영식은 전쟁에서 승리한 장군에게 주어지는 최고의 영예다. 백마 네 마리가 이끄는 전차를 타고 퍼레이드를 벌이는 축제다. 영웅이 탄 마차가 연도를 메운 로마 시민들 환호 속에 행진한다.

늠름한 개선장군의 행진은 장쾌하고 빛난다. 그러나 화려한 금빛 마차의 열광 속에는 숨은 그림자가 있다.

"승전한 영웅 그대여!

영광의 이 순간에도 유한한 인간의 본분을 잊지 말지니!

오늘은 개선장군이지만 너도 언젠가는 죽는다.

겸손하게 행동하라."

승리에 도취한 장군을 향한 하늘의 준엄한 목소리다.

80대에 접어든 지인, 친구들의 부음訃音이 심심치 않게 전해져 온다. 청운의 꿈을 함께 펼치며 동고동락하던 친구들이 하나둘 하늘나라로 간다. 중풍 치매로 고생하다가 어느 날 요양원(병원)으로 간 친구, 투석하며 두문불출 '방콕' 생활만 하는 친구, 숫제 오랫동안 연락이 끊어지어 소식이 끊긴 친구들…. 이제는 모두가 따로따로 먼 길을 가고 있다.

통계청 발표에 따르면 한국인의 기대수명은 1970년대에 62.3세, 2020년에는 83.5세를 나타냈다. 30년 사이에 인간수명이 20년 이상 늘어난 것이다. 그러나 장수 시대라 해도 인생은 유한한 것이다.

노년의 친구끼리 만나면 건강 안부가 제일 먼저다. 그리고는 사는 재미가 있느냐고 묻는다.

"어디 젊은 날만 하겠나. 싱싱하고 활기차던 시절이 그립지."

두 다리로 걸어 다닐 수 있으니 가고 싶은 곳 갈 수 있고, 이빨 성하니 먹고 싶은 것 먹을 수 있다.

눈으로 볼 수 있고 귀에 들리니 아는 사람 만나면 얘기도 한다.

지금, 이 순간 살아있는 것만으로도 행복하지 않은가.

옛날, 소주잔 부딪치며 진보니, 보수니 거품 물고 정치 얘기하던 골통, 그 친구도 지금은 멀리 떠났다.

'산이 좋아 산에 간다.'라며 함께 가자고 늘 조르던 그 친구도 어느 날 심장마비로 갑자기 쓰러졌다. 강남에 빌딩 몇 채 가졌다고 어깨 힘주며 술값 밥값 챙기던 그 사람도 졸지에 저세상으로 떠났다.

요즘 이런 일들이 부쩍 많이 벌어진다.

생각해 보면 이는 모두가 남의 일이 아닌 것 같다. 돈 많다고 땅 많다고 자랑해도 80 넘으면 소용없고, 건강하다고 뽐내도 90대면 벽에 부딪친다.

생로병사生老病死는 인간이 지닌 숙명이 아니던가.

언젠가는 못 보고 듣지도 못한다.

못 먹고 못 입고 두 발로 걷지도 못하게 된다.

내 손으로 아무것도 하지 못할 그런 날이 반드시 온다.

노년의 인생길에는 정확한 내일이 없는 법이다.

오늘의 즐거움을 미루지 말고 살아있음을 감사해야 한다.

노년의 삶에서는 오늘, 지금, 이 순간이 최고의 날이다.

김홍신 작가의 '인생사용 설명서'가 긴 여운을 남긴다.

"오늘도 살아있게 해 주어서 고맙습니다."

"오늘 하루도 즐겁게 웃으며 건강하게 살겠습니다."

"오늘 하루 남을 기쁘게 하고 세상에 조금이라도 보탬이 되겠습니다."

메멘토 모리!

인간은 죽음을 생각하며 살아야 한다.

고향과 명절

유난히도 길고 무더운 여름이었다.

입추 처서가 지나도 한낮 더위가 30도를 넘나들었다. 하늘의 뜻, 자연의 섭리는 어김이 없는 것이다. 조금은 머뭇거리던 가을이 성큼 우리 곁에 와있다. 가을은 해마다 풍요롭고 아름다운 계절이다.

아침저녁으로 어느새 바람이 시원하고 상쾌하다.

열어놓은 유리창 문으로 새하얀 구름이 높이 솟아오른다. 전형적인 가을의 구름 모습이 오늘따라 더욱 아름다워 보인다.

한 해를 고생하면서 견뎌온 바람이 가을을 타고 농촌으로 찾아오고 있다.

양식이며 과일들이 가을철에 수확되니 농촌은 풍요롭다.

추석 명절이 가을에 찾아오는 것은 수확의 계절이기 때문인가 보다.

서양 사람들 '추수감사절'도 수확을 축복하는 명절이 아닌가.

명절과 고향은 사람 마음을 설레게 한다.

설날이나 한가윗날 고향을 찾아가는 귀성 행렬은 세월이 가도 변함이 없다. 올 추석에도 많은 사람이 고향을 찾아갔다.

고속도로를 가득 메운 자동차 행렬은 명절 때면 볼 수 있는 진풍경이다. 지루하고 고된 시간을 견디며 고향을 찾아간다.

고생길이지만 설레고 훈훈한 마음이다. 고난을 마다하지 않고 고향을 찾는 마음은 그리움 때문이다.

부모님과 친척 옛 친구가 기다리고 있다. 세상에 태어나 내가 살아온 정든 땅이 있는 곳이다.

옛날의 우리 고향, 농촌의 가을은 풍요와 평온함이 느껴졌다.

조용한 시골 마을에는 단풍이 점점 붉게 물들고, 마을 주변 산과 들이 아름답게 빛났다. 바람에 흩날리는 낙엽들이 마을 고샅마다 뒹굴었다. 농작물이 향기롭게 익어가는 아름다운 모습은 영원한 추억으로 남아있다.

가을걷이에 일손이 부족해 동동대는 농부들 모습에 죄스러운 마음이 든다. 그래도 수확의 기쁨에 무더위에 시달린 농부들 검붉은 얼굴에는 미소가 그치지 않는다. 마을 주변의 아름다운 자연과 수확하는 농부들 분주한 모습이 우리 농촌의 전형적인 가을 풍경이다. 그러나 세월 따라 우리 고향 농촌도 많이 바뀌고 있다.

누런 벼 이삭 파도처럼 출렁이던 들녘에는 현대식 건물이 들어섰다. 시태바리 오가던 오솔길은 자동차도로가 되었다. 차량 행렬이 줄을 잇고 동네가 시끄럽다.

고요하고 평화롭던 고향 마을은 상전벽해桑田碧海로 변했다. 이제는 볼 수 없는 고향의 옛 풍경에 가슴이 저리다. 고향은 사람으로 기억되고, 사건으로 얼룩진 그리움이 사무치는 곳이다.

인간의 영혼과 뿌리가 남아있는 신비한 터전이다.

고향 땅에는 우리의 뿌리인 조상들이 있다.

성묘나 제사는 명절에 치르는 중요한 의식으로, 조상들을 기리고 그들에게 감사와 경의를 표하는 행사다. 묘소를 참배하고 감사하며 소원을 빌고, 조상과 유대감을 느끼는 소중한 시간이다. 성묘나 제사는 효도의 개념에서 출발한다.

효孝는 부모와 자식 관계에서 맺어지는 질서이기 때문에, 인류가 존속하는 한 영구히 이어질 것이다. 자식을 사랑과 정성으로 키워준 부모에 대하여 그 은혜를 알고 보답하려는 인간의 가장 순수하고 아름다운 마음이다.

동서양을 막론하고 효의 중요성을 역설하지 않는 사상이나 종교는 없다.

부모에게 효도하려는 마음은 인간의 자연스러운 휴머니즘에서 온다.

우리에게는 농경민족의 전통으로 많은 명절이 있었다.

오늘날은 설날과 추석만 국가가 지정한 공휴일 명절이다.

명절과 조상숭배는 아름다운 우리의 전통문화로서 영원히 이어지리라.

훈민정음訓民正音

매년 10월 9일은 한글날이다.

훈민정음 곧 오늘의 한글을 창제해서 세상에 펴낸 것을 기념하고, 우리 글자 한글의 우수성을 기리기 위한 국경일이다.

우리 고장 청주시 초정리에는 세계 3대 광천수로 꼽히는 약수터가 있다.

세종 대왕께서 병을 핑계 삼아 이 약수터로 요양을 오셨다.

거기서 비밀리에 한 가지 프로젝트를 진행하셨는데, 이름하여 '훈민정음' 창제다.

왜 세종대왕은 남의 눈을 피해 약수터까지 가서 한글을 개발하였을까?

1,443년(세종 25년) 창제된 훈민정음은 세종대왕의 독자적 창작물이다.

집현전 학자들의 도움이 있었다는 것은 사실과 다르다.

임금이 손수 문자를 창작한 것도 기이한 일이지만, 그 창작 과정이 매우 비밀스러웠다는 점도 흥미로운 일이다.

1,446년 세종은 번잡한 정무를 의정부에 맡기고 본격적으로 한글 창제에 착수하였다. 세종 26년 집현전 부제학 최만리 등이 상소문을 올려 언문을 반대하였다.

대국인 중국의 문물을 흠모하고 섬기며 따르려는 모화사상慕華思想에 어긋난다는 것이었다. 그뿐만 아니라 사대부 이상의 양반들은 문자가 대중화되는 걸 싫어했다.

글을 몰라 사회적 약자 지위에 있는 서민들에게 답답함을 풀어 주려는, 세종대왕의 뜻과는 배치되는 분위기였다. 이에 따라 세종은 비밀리에 훈민정음 창제 작업에 들어갔다.

궁궐에 있으면 늘 신하들의 눈에 뜨인다. 밤에 몰래 일어나 불을 켜도 상궁들이 보고, 다음 날이면 영의정에게 고자질한다.

세종은 30대 후반부터 풍병風病과 당료 등 질병에 시달렸다. 밤늦도록 공부하느라 안질도 않고 있었다. 그래서 온천으로 요양 간다는 명분으로 보름 동안 신하들의 눈을 피하기도 했다. 세종은 온천을 찾아다니는 동안 한글을 연구한 것이다.

1,443년(세종 25년) 한글을 창제하여 1,446년 훈민정음을 반포하였다.

한글은 지구촌 모든 문자 중에서 문자의 창제자, 창제일, 창제 목적이 분명한 유일한 문자다. 누구나 알기 쉽게 사용하여, 백성의 삶을 편안하게 하려는 목적의식을 갖고 만들어졌다.

한글은 모든 언어가 꿈꾸는 최고의 문자다.

인류가 발명한 가장 위대한 소리 문자이며, 유네스코가 인정한 유일한 문자다.

아날로그 시대에서 디지털 시대로 변하고, 정보 기술 시대를 지나 인공지능(AI) 시대로 진입하면서, 문자 작성, 문자 전달 능력은 글자의 우수성이 판별된다. 한글은 영어보다 3배 빠른 문자 작성, 문자 전달 능력이 입증되고 있다.

일본어보다 5배, 중국보다는 8배가 빠르다고 한다.

21세기 말경이면 한글이 오늘날 영어의 위상을 차지할 것이라고 한다. '한강의 기적'을 이뤄낸 한국인은 이제 '한글의 기적'을 위해 뛰고 있다.

지구촌 방방곡곡에서 한글을 공식 외국어로 지정하여 열심히 공부하는 사례가 많다. 우리 무역 영토의 확대, K팝과 한류 드라마 등 문화 스포츠 열풍으로 한글의 위상은 지구촌에서 크게 높아지고 있다.

민족마다 말이나 글이 따로 있다. 세계에는 3,000개가 넘는 언어가 있다고 한다. 민족의 언어는 그 민족의 역사를 기록하고 보관해 온 문화의 보고寶庫다. 전 세계에서 문맹률 0%를 기록하는 나라는 대한민국뿐이다.

세종대왕께서 훈민정음을 창제 반포하기 전까지, 우리 민족은 말은 있었으나 그것을 적을 글자는 없었다. 말은 시간적 공간적 제약을 받는다. 말을 하는 그 시간, 그 자리에 있지 않으면 그것들을 들을 수가 없다.

말을 글자로 적으면 먼 곳에 있는 사람이나, 다른 시대에 사는 사람에게도 지식과 정보, 자기의 생각을 전달할 수가 있다.

글자가 없으면 지식의 축적, 문화의 발전은 기대할 수가 없다.

우리는 우리말을 적을 수 있는 글자가 없어, 중국의 한자를 빌어다가 썼다. 이러한 장애를 걷어 내기 위해 세종대왕은 훈민정음을 창제하셨다.

한 성군聖君은 우리 민족에 헤아릴 수 없는 큰 복을 주셨다.

한글의 창제와 그 우수성을 기리고, 고마움을 마음에 새기며, 한글과 국어의 발전을 다짐해야 한다.

김장철

매년 초겨울이 되면 김장철이다.

이미 김장이 끝난 집도 있고 지금 한참 김치를 담그는 집들도 있다.

외출했다가 오늘은 평소보다 일찍 귀가했다.

아내와 딸, 작은 며느리가 거실에 앉아 김장 속을 챙기며 절임 배추가 도착하기를 기다리고 있다.

옛날 농촌의 김장철 풍경이 아련히 떠올랐다.

초겨울이 되면 농촌에서는 김장철을 맞는다. 첫눈이 일찍 내리는 해에는 소복이 내리는 눈 속에서 김장을 준비했다. 눈으로 뒤덮인 밭과 들판은 흰 눈이 반짝이고 신비로운 풍경이었다.

김장철에는 농촌 사람들 사이가 더 가까워지는 시기다. 벼 타작과 가을걷이 끝나고, 초가지붕 걷어 내며 새로 엮은 이엉을 얹고, 김장이 끝나야 한해 농사가 모두 끝났다고 했다.

김장철은 농촌 사람들의 따뜻한 인정이 오가는 계절이다.

김장이 시작되면 농촌 사람들은 서로 도와주고 협력을 한다. 이웃끼리 모여 배추김치를 담그고 무절임 등을 만든다.

함께 일하고 대화하며 인정을 나눈다. 옛날 농촌의 김장철은 인정이 흐르고 따뜻한 마음을 나누는 평화로운 풍경이었다.

순박한 농민들의 일하는 모습과 자연의 변화에 맞추어 슬기롭게 살아가는 모습은 우리에게 소중한 가치를 전달해 준다. 이 아름다운 풍경 속에는 옛날 농촌 문화와 삶의 흔적이 담겨 있다.

지난달 11월 22일은 네 번째 맞는 '김치의 날'이었다.

농식품부와 관계 기관에서 주최하는 기념식과 각종 행사도 있었다.

김치 품평회, 요리 경연대회, 김장 문화 재현공연, 김치 과학 콘서트, 김치 기술 교류전 등 다양한 프로그램을 선보였다.

특히 올해는 '김장 문화'가 '유네스코 인류 무형문화유산'으로 등재된 지 10년이 되는 해로 이를 기념해 특별 전시도 진행되었다.

김치의 날(11월 22일)은 2020년 식품 최초의 법정 기념일로 제정되었다. 다양한 김치 재료 하나하나(11월)가 모여 스물두 가지(22일)의 다양한 효능을 나타낸다는 의미를 담고 있다.

김치는 케이팝(K-pop) 열풍과 함께 세계인의 입맛을 사로잡고 있다. 김치 수출 대상국이 2013년 61개국에서 10년 만에 32개국 늘어 93개국이다. 주로 일본에 몰렸던 수출이 미국, 네덜란드, 영국 등 서구권으로 확대된 것도 눈에 띄는 대목이다.

아울러 김치 수출 금액도 크게 늘고 있다.

올해 10월까지 김치 수출액은 1억 3,059만 달러로 전년 대비

10.1% 증가했다. 지금 같은 추세로 가면 2021년 1억 5,992만 달러를 넘어서 사상 최대의 실적이 될 전망이다. 김치는 식품을 넘어 세계인들에게 문화의 아이콘으로 부상하고 있다. '코로나 19' 확산 시기에 김치가 면역력 향상에 효능이 있는 것으로 알려지면서 소비가 늘었고, 최근에는 한류 열풍으로 많은 인기를 얻고 있다.

우리와 같이 11월 22일을 김치의 날로 제정한 국가도 이미 여럿 있다. 김치는 오늘날 세계인들이 주목하는 식품이다.

한때는 중국과 일본이 김치 종주국 행세를 하려 한 적도 있다.

우리 조상으로부터 물려받은 김치는 대한민국이 종주국이다.

정부는 김치산업 활성화에 더욱 박차를 가해야 한다. 김치 원료의 안정적 공급은 기본이다. 다양한 상품 개발과 판로 개척도 적극적으로 뒷받침해야 한다. 김치의 우수한 효능을 알리는 데도 힘을 쏟아야 한다.

우리 김치가 세계인들이 즐겨 찾는 건강식품으로 자리매김하도록 온 힘을 기울여야 한다. 슬기로운 우리 조상들이 만들어준 김치 종주국의 자부심은 자손 대대로 이어져야 한다.

흙과 사람

어렸을 때 밖에서 놀다 집에 오면 어머니는 옷에 묻은 흙을 털어 주셨다.

"아이고 웬 흙을 이렇게 묻혀 왔어!" 하시며 그 옷을 빨아 주셨다.

숨고 뛰어놀던 동네 고샅길이나 학교 가는 오솔길은 모두 흙길이었다. 내 옷에 흙이 묻었다는 이야기는 내가 친구들과 더불어 흙에서 놀았다는 의미였다. 어린 시절 나는 흙과 더불어 놀며 성장하였다

수십 년 긴 세월이 지난 요즘은 흙을 보기 힘든 세상이 되었다.

요즘 아이들은 콘크리트와 아스팔트 길은 걸으며 스마트폰만 바라보는 '엄지족' 이 되었다.

흙과 단절된 포장도로를 걷고 직장이나 가정에도 모두 시멘트 포장이 되었다.

현대인들은 삶의 터전인 흙을 시멘트로 덮어놓고 살아간다.

시멘트 문명 속에서 살아가는 도시 어린이들은 흙이 무엇인지 모른다. 사람이 먹고 사는 쌀이 벼에서 자라는 것을 모르고 '쌀 나무'에서 난다고 한다.

일제 해방 후 70년 넘게 살아오며 우리는 크게 잊고 사는 게 있다. 궁핍하고 가난한 농촌을 떠나 대도시로 나와 모두가 잘살고 있다. 그러나 생명의 젖줄인 흙을 까마득히 잊고 있다.

흙은 우리가 먹고 사는 곡식과 풀과 나무들, 인간의 생명을 보전해 주는 모든 것들을 키워주고 있다. 사람은 물론 식물 벌레 등 모든 생물은 죽는다.

흙과 접촉이 멀어질수록 인간의 생명은 위기를 맞는다.

아스팔트 아니면 돌, 그것도 아니면 시멘트. 도심의 빌딩과 아파트뿐만 아니라 가정에서도 화분의 흙을 제외하면 흙 구경을 할 수가 없다. 끝없는 생명을 만드는 게 흙이다. 흙에서 생명이 나오기도 하지만, 죽은 생명이 흙을 통해 다른 생명으로 재생한다. 자연계 순환의 고리에서 가장 중요한 것이 흙이다.

흙에서 자란 식물을 먹고 살던 동물이 죽으면 흙이 되어 다시 다른 생명을 위한 거름이 된다. 흙이 없으면 그 재생의 고리도 끊어진다.

흙과 생명을 만들어내는 영웅이 있다.

땅속에 묻혀 사는 위대한 영웅 지렁이가 역사를 만들어 간다.

우리는 '찰스 다윈'(1809-1882) 하면 '진화론'을 먼저 떠올리지만, 그 못지않게 다윈이 연구한 주제가 지렁이였다.

지렁이地龍는 땅속의 유기물을 분해하여 토양을 기름지게 한다.

모든 생명체는 먹이 사슬에 묶여서, 나고 또 죽는다.

흙에서 생물이 나와 살다가 죽으면 지렁이가 나서서 죽은 생명체를 분해해 다시 흙이 되게 한다. 생명이 흙으로 분해되어야 거기서 또 새 생명이 나온다.

지렁이가 흙을 만들어주기 때문에 사람도 살아갈 수가 있는 것이다. 사람은 흙으로 빚었다는 종교적 신화는 여러 가지 상징적 의미가 있다. 인간에게 대지는 영원한 모성, 흙이 음식물을 길러내고 그 위에 집을 짓는다. 대지 위를 직립 보행하며 살다가 그 흙에 누워 삭아지고 마는 게 인생이다.

흙은 우리 생명의 젖줄일 뿐 아니라 인간에게 많은 것을 가르쳐준다. 씨앗을 뿌리면 움이 트고 잎과 가지가 펼쳐져 꽃과 열매가 맺힌다.

생명의 발아 현상을 통해 우리는 눈에 보이지 않는 창조의 신비에도 눈뜬다.

흙을 가까이하면 자연히 흙의 덕을 배워 순박하고 겸허해지며, 믿고 기다릴 줄 안다.

흙에는 거짓이 없고 추월과 무질서도 없다. 원래 인간은 맨발로 온 땅을 누볐던 존재다. 땅은 흙이고 흙은 만물을 살리는 바탕이다. 우리는 흙에서 태어나 흙에서 살다가 흙으로 돌아간다. 사람은 흙을 떠나서는 살 수가 없다. 생명이 있는 모든 것은 흙에서 삶을 영위한다.

건국 전쟁

마지막 화면이 끝나고 극장 안이 환해졌다.

자리에서 일어나 출구로 나가는 관객들 모두가 숙연한 모습이다.

20~30대 여성들이 눈물 흘리며 극장을 나서는 걸 보며 나도 눈시울이 뜨거웠다. 1954년 미국 뉴욕 한복판에서 벌어진 이승만 대통령의 '영웅행진 퍼레이드'를 보며 감동을 한 관객들 누구나 가슴이 뭉클했을 것이다.

6·25 전쟁으로 모든 것이 초토화된 지 1년밖에 되지 않는, 세계에서 가장 가난했던 대한민국 대통령을 미국 시민 100만 명이 길거리에 나와서 열성적으로 환영하던 장면이다.

대한민국 국민이라면 누구나 감동하지 않을 수 없는 다큐멘터리였다.

우리는 일제 강점기로부터 해방이 되고 1948년 건국이 되었다.

6·25전쟁을 겪었고 4·19혁명과 5·16 쿠데타를 거쳐 정치 민주화와 산업화에 성공한 나라다.

그동안 나는 '이승만 대통령은 3·15 부정선거에 따른 4·19 혁명으로 하야한 초대 대통령' 정도로만 알고 있었다.

국내 정권이 여러 차례 바뀌는 동안 좌파정권은 이승만 대통령을 폄하하고 악마화시켰다. 좌파정권의 친북적 사고에 빠진 학자들이 역사를 왜곡시키고 있었다. 거짓을 사실로 둔갑시키고 진실을 부정한 역사의 반역자들이다.

6·25 전쟁 때 '한강 다리를 끊어 놓고 자기 혼자 살겠다고 도망간 대통령', '한강 다리 폭파로 800명 국민을 죽게 한 죄인', '친일파 이승만 정권', '미국의 꼭두각시 이승만' 심지어는 '하와이 갱단 두목'이란 말까지 등장했다. 사실에 대한 아무런 검증도 없는 온갖 거짓말들이 난무하였다.

좌파정권 통일부 장관은 '우리의 국부는 이승만이 아니라 김구'라고 국회 증언까지 했다.

이승만은 1875년 3월 26일 전주이씨 후손으로 황해도 평산에서 출생했다.

1895년 배제학당에서 수학하던 중 독립협회에 참가, 고종황제 하야를 외치다가(갑신정변) 사형선고를 받고 투옥된다. 1904년 석방된 20대 청년 이승만은 옥중에서 '독립정신'이라는 책을 집필하였다. 왕정王政을 공화정共和政으로 바꾸려는 건국이념을 제시하였다.

1904년 미국으로 유학을 떠나 6년이라는 짧은 시간에 조지 워싱턴대학 학사, 하버드대학 석사, 프린스턴대학 박사 학위를 받았다.

민족자결주의 선언으로 식민지국의 큰 희망이었던 우드로 윌슨 대통령을 만났다. 우리나라 독립을 위해 외교를 통한 방법을 모색하는 계기가 되었다.

국민의식을 일깨우기 위해 한국인이 가장 많은 하와이에 정착하여 육영사업에 매진하게 되었다. 1919년 3·1운동 직후 상해 임시정부 초대 대통령으로 옹립되었고, 1945년 해방 후 40년 미국 생활을 청산하고 귀국했다.

좌우익 냉전 상태와 공산주의 위협에서 자유민주주의와 시장경제를 바탕으로 1948년 8월 15일 대한민국을 수립하였다.

초대 대통령에서 3대 대통령인 1960년까지 재임하며, 스위스 프랑스에 앞서 여성의 투표권을 부여하였고 농지개혁으로 사회 안정과 경제번영을 도모했다.

한미방위조약 체결, 문맹 퇴치를 위한 교육입국, 원자력 중요성을 인식한 한미 원자력 협정 등은 이승만 대통령 아니면 생각도 못 할 일이다.

1945년 해방 이후 남과 북은 '자유와 민주주의에 기초한 경제번영의 선진국'과 '자유와 인권을 억압받고 굶주림에 시달리는 독재의 길'로 갈라 서 있다.

우리나라가 자유민주주의와 풍요로운 경제생활을 누리고 세계 10대 강국으로 우뚝 선 것은 이승만, 박정희 두 분의 영웅 대통령 덕분이다.

좌파정권 정치인들이 두 분의 은혜를 애써 감추고 깎아내리는 것은 오직 정권 야욕에만 집착한 기만전술 때문이다.

건국 전쟁은 분단 역사 속에서 대한민국을 건국하고 지켜낸 이승만 대통령의 희생과 투쟁을 다룬 다큐멘터리다. 그동안 알려지지 않았던 사실을 찾아 열거하면서 20명의 국내외 시사평론가들이 진실성을 논평해 주고 있다.

이승만 대통령이 하와이로 떠나는 여행 가방은 4개였다. 부부가 입는 옷 가방 두 개, 평소 쓰던 타자기, 매일 쓰던 일상 용품뿐이다. 노부부는 조국이 제공한 안락한 거처가 아니라 한 교포가 마련해준 방에서 교포들과 영부인 프란체스카 친정에서 보내는 돈 200달러로 연명하다 서거하셨다.

한 나라를 대통령으로 여러 해 집권한 통치자가 빈손으로 세상을 떠났다는 것은 전 세계 없는 일일 것이다. 건국 대통령 이승만, 산업화 대통령 박정희의 청렴과 나라 사랑이 어느 정도였는지 짐작게 한다.

난장판

나는 일제 식민지 시대인 1938년에 태어났다.

아버지께서 농업고등학교 교사를 하시던 어느 소도시에서 살았다.

일본 소학교(초등학교) 1학년 입학하고 얼마 후 '8·15광복'을 맞았다.

교사 관사에서 살 때인데 어느 날 갑자기 '대한민국 만세!' 소리가 여기저기서 들렸다. 우리나라가 일본 압제로부터 해방이 되었다는 것이다. 일본 소학교를 다니던 어린 소년은 나라를 빼앗긴 것도 모르고 살았다. 일본으로부터 해방은 되었지만, 정국은 혼란했고 사회질서는 어지러웠다.

이승만 초대 대통령의 "뭉치면 살고 흩어지면 죽는다.는 라디오 연설 음성은 애절했던 것으로 기억된다. 그것은 민족단결을 호소하는 연설이었다.

우리 가족은 할아버지 할머니와 대가족이 있는 고향으로 돌아왔다.

나는 다시 해방된 대한민국 초등학교(국민학교)에 입학을 하였고 교실 정면에 있는 태극기를 바라보고 애국가를 부르며 감격했다.

초등학교 5학년 때 하굣길에 논둑에서 일하던 어른들 말씀을 들었다. '난리가 났다'라며 수군거리던 어른들 표정이 걱정스러운 모습이었다. 난리라는 게 바로 "6·25 한국전쟁"이었다. 멀리서 들려오는 포성과 하늘을 누비는 전투기의 굉음이 그치지 않았다. 노도 같은 북한군의 남침으로 수도 서울이 적군에게 넘어가고 정부는 부산으로 피난을 하였다.

나는 아버지 뒤를 따라 남쪽으로 가는 피난길에 나섰다. 보따리를 짊어지고 남녘을 향해 길게 이어진 피난민 행렬은 끝이 보이지 않았다.

유엔군 참전과 인천 상륙작전 성공으로 서울이 수복되었다. 우리 국군과 유엔군은 북진을 계속해 압록강까지 이르게 되었다. 남북통일이 될 수 있던 절호의 기회는 중공군의 참전으로 무산이 되고 말았다. 참전한 중공군은 인해전술로 남침을 계속해 전세가 역전되었다. 국민은 또 한 번 피난길을 걸었다.

1953년 유엔군과 북한군의 정전협정으로 전쟁은 일단 멈추었다.

1960년 3·15부 정선 거에 항의해 대학교 2학년 학생이었던 우리는 가두시위에 나섰다. '4·19혁명'은 성공하였고 이승만 대통령은 하야했다.

이승만 대통령 하야 후 집권한 윤보선 대통령과 장면 총리는 국정 혼란을 수습하지 못하였다. 좌우 대립으로 인한 극심한 혼란과 끝없는 시위로 민생은 도탄에 빠졌다. 북한의 재남침 우려가 점증하는 상태에서 국운이 위태로운 지경이 되었다. 국정 혼란과 국가 안보 위험이 "5·16 군사혁명"을 초래한 원인이 되었다.

반민주적이라는 일부 견해에도 불구하고 5·16혁명과 10월 유신은 국가안정과 경제 성장 발전에 기여를 하였다.

'한강의 기적을 이루고 정치 민주화에 성공하여 세계인들의 부러움을 샀다. 오늘날 대한민국은 선진국 반열에 들어섰고 세계 10대 강국의 자리에 우뚝 서 있다.

성인이 되어 초대 이승만 대통령으로부터 20대 윤석열 대통령까지 모두를 겪으며 살고 있다. 파란만장한 팔십 평생을 살면서 많은 우여곡절 겪었지만 지금 같은 난장판 세상은 처음이다.

난장판이란 여러 사람이 뒤엉켜 함부로 떠들거나, 덤벼서 뒤죽박죽된 곳을 말한다. 오늘날 난장판의 진원지는 '정치판'이다.

정치의 사전적 의미는 '나라를 다스리는 일'이다. 국가가 권력을 획득하고 유지하며 국민이 인간다운 삶을 영위하게 하고 상호 간의 이해를 조정하며 사회질서를 바로잡는 역할이다. 정치 없는 국가 공동체는 정상적으로 존재할 수 없다. 정치가 제대로 작동되면 국민은 행복하게 살 수 있다.

정치판이 난장판이 되면 국민은 고단하고 불행하며 지치게 된다.

지금 대한민국의 정치판이 그렇다. 지금 총선을 앞두고 정치판을 보면 한숨이 저절로 나온다. 전과자, 실형 선고를 받은 자, 범죄혐의로 수사를 받는 인물들이 국회의원이 되겠다고 나섰다. 국민 행복을 위해 무엇을 하겠다는 의지보다 정권욕에만 혈안이 되어있다.

국민은 눈을 크게 뜨고 정치판을 감시해야 한다. 지금 같은 정치적 난장판이 계속되면 피해를 보는 건 우리 국민뿐이다.

난장판 정치를 종식하는 것은 현명하고 지성적인 국민 몫이다. 이런 난장판 정치를 종식하는 기회는 이번 4월 10일 총선뿐이다.

가정과 가족

　가정은 인간 사회의 기초 단위다.

　가정이 건전할 때 사회가 건전하고 나라도 부강해질 수 있다.

　일찍이 독일의 문호 괴테는 '왕이든 백성이든 가정에서 평화를 발견하는 사람이 가장 행복한 사람'이라고 갈파했다.

　가정이야말로 진정한 사랑과 행복의 원천인 것이다.

　사회가 복잡해지고 생존경쟁이 심해질수록 우리에게는 생활의 보금자리 가정이 필요하다. 사람에게는 고달픈 몸을 편히 쉬게 하고, 상한 심령을 감싸주는 안식처가 필요하다. 새들에게 둥지가 있다면 인간에게는 보금자리라는 생활 터전이 있다.

　경제발전과 산업사회가 되며 인구가 도시로 집중되고, 핵가족 혼가족으로 가정과 가족의 형태가 변화하고 있다.

　전통적인 대가족제도가 붕괴하고 가정 모습과 가족 개념도 변화가 일고 있다.

가족들이 밥상머리에서 함께 식사하며 대화하고 의사소통을 하던 '밥상머리 교육'도 자취를 감추고 있다.

명절 때면 자식 부모 상봉 행사가 온 나라를 혼란스럽게 하지만, 서로 떨어져 사는 게 익숙해져서 '오면 반갑고 가면 더 반가운 것'이 오늘날 가정의 모습이다. 모든 게 돈으로 통하는 세상이 되며 가족 간의 정도 옛날 같지가 않은 것 같다.

안 주면 맞아 죽고, 조금 주면 졸려 죽고, 다 주면 굶어 죽는다는 농담도 있다. 큰아들은 큰 도둑, 작은아들은 작은 도둑, 시집간 딸은 예쁜 도둑이라니 할 말이 없다. '자식 이기는 부모 없다'지만 돈 앞에는 핏줄도 무너지는 세상이다.

돈이 피보다 진한 시대가 되어가는 것 같아 한탄스럽다.

내 자식 이럴 줄 몰랐다고 후회할 때는 이미 늦다. 부모와 자식 간에도 되고 안 되고는 분명히 해야 하는 시대다.

지금의 노년 세대는 안 먹고, 안 입고, 안 쓰고, 안 놀며 아끼는 습관이 몸에 배어 있다. 가족 간의 유대와 결속도 예전 같지 않고, 개인주의와 여성의 경제활동 참여로 가정의 기본 틀이 바뀌었다.

나이 중심의 수직적 질서로부터 개인 행복이 우선인 수평적 질서로 바뀌고 있다. 가족은 있으나 가정이 실종되어 가는 세태다.

지금의 젊은 세대들은 노부모를 국가나 사회가 상당 부분 책임져야 한다고 생각한다. 그래서 지금의 노년 세대를 '부모에게 효도한 마지막 세대요, 자식에게 버림받는 첫 번째 세대'라고 한다는 것이다

늙은 부모들은 빈 둥지를 지키며 경로당을 전전하다가 요양 시설

을 거쳐 요양병원에서 생을 마감하는 서글픈 처지가 되고 있다.

자녀들은 이러한 노년의 부모 세대를 알아보려고 애써야 하고, 노부모들은 자녀 세대를 이해하려는 마음가짐이 필요한 때이다.

이제 노년 세대는 가족 위에 군림하여 부양받을 생각만 해서는 안 된다. 자녀의 삶과 부모의 삶이 엄연히 다름을 인정해야 한다.

오늘날 가정과 가족 관계가 빠르게 변화하고 있다. 가정은 서서히 사라지고 가족 간의 정은 점점 멀어져 간다.

전통적인 가족 구조에서 벗어나 다양한 형태의 가족이 존재할 뿐 아니라 가족 구성원 간의 관계도 옛날과는 다르다. 이러한 변화는 사회적, 경제적, 문화적 요인에 영향을 받는 불가피한 현상이다.

오늘날의 가정에서는 가족 구성원 간의 소통과 상호 이해가 어느 때보다 중요하다. 가족 구성원들은 서로의 의견을 존중하고, 서로를 지지하며 사랑하는 관계를 이어가야만 한다.

현대의 가족과 가정 관계가 빠르게 변화하고 있지만, 가족 구성원들 간의 소통과 상호 이해, 그리고 서로를 돕고 지지하며 사랑하는 관계는 어느 때보다 중요한 시대다.

공짜 천국

전 국민에게 현금 25만 원을 지급하는 법이 국회를 통과했다.

우리나라는 언제부턴가 포퓰리즘 정치가 만연하고 있다. 정치인들이 정권을 잡고 유지하기 위해 일반 대중의 인기에 영합하는 수단으로 현금을 살포한다. 아무런 조건 없이 공짜로 현금을 주겠다는데 싫어할 사람은 없다.

우리나라는 지금 공짜 천국이 돼가고 있다. 공짜 현금, 공짜 복지, 공짜 교육, 공짜 의료…. 공짜가 나라를 휘몰아치고 있다. 공짜도 세 번을 받으면 권리가 된다고 한다.

마약이 국가나 사회에 아주 못된 물질이듯 '공짜'라는 것도 마약 못지않게 인간의 정신을 병들게 한다. 사람이 공짜에 취하게 되면 마약을 끊기 힘든 것처럼 헤어나기 어려운 것이다.

국가와 국민을 위해 정치한다는 오늘의 정치인들은 거짓말을 너무 많이 한다.

국가와 국민보다는 정권 욕심 때문에 공짜 현금을 매개로 포퓰리즘 정치를 하는 것이다. 정권은 공짜 현금이라는 수단으로 국민을 유혹해 정신병자로 만들고 노예화한다. 지금 대한민국은 공짜 때문에 국가 위기를 맞고 있다.

　공짜 돈과 무상 복지를 퍼붓는 바람에 전 정권에서 국가 빚이 무려 1,000조 원을 넘어섰다. 정권이 공짜를 마구 퍼 주는 바람에 마약 환자가 더 강력한 마약을 찾듯 사람들은 더 많은 공짜를 바라고 있다.

　'공짜 좋아하면 머리 벗어진다.'라는 속담도 있다. 욕심부리고 무분별하게 무료 혜택을 탐내는 행동이 결국은 해로운 결과를 초래한다는 경고다.

　낮과 밤이 있고 물이 높은 데서 낮은 곳으로 흐르는 자연의 법칙처럼, 나라 살림 운영도 결코 바뀔 수 없는 경영법칙이 있다. 국가 경영도 경제 법칙을 따라야 한다. 세상에 공짜는 없는 법이다. 나라 살림이 세수稅收보다 지출이 초과하면 빚이 늘어난다. 지금의 나랏빚은 공짜 돈을 얻어 쓴 젊은 세대들에게 넘어간다. 국가채무가 누적되고 상환 능력이 없으면 정부는 파산하고 국가 위기가 온다. 역사적으로 땀 흘리지 않고 공짜에 취한 사회주의 국가가 망한 사례는 많다.

　서울에서 말뚝을 박으면 지구 반대편에 막대기가 나오는 지점이 '아르헨티나'라는 나라다. 이 나라는 1960년대만 해도 우리보다 훨씬 부유하고 잘 사는 나라였다. 여섯 살짜리 어린애한테도 주치의

가 배정되고, 초등학교부터 대학까지 무상 교육이었다. 지금은 '국가채무 불이행(디폴트)' 국가로 연명하며 사는 세계적인 골칫덩어리 나라가 되었다. 그리스, 베네주엘라 등 지구상의 많은 사회주의 국가들도 공짜 천국을 운영하다 비극을 겪고 있다.

스위스는 일 인당 국민 소득이 7만 달러나 되는 세계 4위 부자 나라다. 전 국민에게 매월 2,500프랑(약 300만 원)의 생활비를 지원하는 기본 소득 안을 국민투표에 붙였다. 그러나 국민 77%가 반대해 부결시켰으니 얼마나 놀라운 일인가. 세계 최고의 복지국가를 만들려던 계획이 무산되었다.

스위스는 가난하게 살던 시절 가족들을 먹여 살리기 위하여 다른 나라에 용병을 파견하여 목숨을 바친 나라다. 선조들의 뼈아픈 역사를 기억하는 지혜롭고 현명한 국민이다.

'공짜라면 양잿물도 마신다.'라는 우리 국민이라면 어쨌을까 하는 아찔한 기분이다.

역사를 잊은 국민에게는 미래가 없다고 했다.

하나의 정권은 일시적이지만 국가와 국민은 영원한 것이다.

국민을 공짜에 병들게 해 놓고 정권을 떠난다고 그들은 책임이 없는 것일까? 그들은 역사에 대죄大罪를 지은 배신자다.

이제 선택은 현명한 국민 몫이다. 마약 같은 공짜 돈으로 나라를 만들 것인가, 아니면 공짜로 표를 매수하려는 자들을 역적 도당으로 규정하고 척결할 것인가. 그 선택 결과에 따라 자신과 후손들의 미래가 결정될 것이다.

이 가을에는

유난히도 무덥고 지루했던 무더위도 물러났다.

이제는 아침저녁으로 선득거리고 옷깃을 여미게 한다. 이 골짝 저 산봉우리에서 가을 기운이 번지고 있다. 풀벌레 소리 여물어 가고 밤하늘의 별빛도 한층 영롱하다.

> "구름은 희고 산은 푸르며
> 시냇물 흐르고 바위는 서 있다.
> 꽃은 새소리에 피어나고
> 골짜기는 나무꾼의 노래에 메아리친다.
> 온갖 자연은 이렇듯 스스로 고요한데
> 사람의 마음만 공연히 소란스럽구나.

소창청기小窓淸紀라는 중국 고서에 실려 있는 글이다.

자연의 섭리에 따라 만물은 저마다 있을 자리에 있고 서로 조화를 이루어 고요하고 평화롭다. 그러나 사람들은 제 자리를 지키지 않고 탐욕과 증오로 시끄럽다. 마음 편한 날 없고 세상이 시끄럽다는 것은 그 세상에 사는 사람들과 그들이 하는 일, 즉 인간사가 소란하다는 말이다.

　정치하는 사람들만 아니면 우리는 모두 행복할 것 같다.

　부패하고 뻔뻔한 이 땅의 정치집단 때문에 무고한 국민이 얼마나 큰 상처와 부담을 안고 살아가는가. 국민이 피땀 흘려 벌어서 바친 세금으로 살면서, 국민의 위임을 받아 자신들이 만든 법을 자신이 어기고 범했으면서 그 벌을 피하려고 한다.

　힘없는 사람들만 법의 그물에 걸린다면 사회정의란 무엇인가?

　오늘날 인간의 윤리와 사회 규범이 무너질 대로 무너진 요인도 정치권의 이런 비리 때문이다. 부정부패의 온상인 정치권의 근본적 개혁 없이는 이 나라의 장래는 밝을 수가 없다.

　많은 사람은 먹고사는 일상적 일에 신경 쓰느라 참된 자기 모습을 까맣게 잊고 살아간다.

　우리가 이 풍진 세상을 무엇 때문에 사는지, 어떻게 사는 게 내 몫의 삶인지 덧없이 하루하루를 흘려보내고 있다.

　갑진甲辰년, 이 가을에는 좀 더 행복해지고 싶다. 어깨를 활짝 펴고 심호흡하며 마주치는 이웃들에게 들꽃 같은 미소를 보내면서 행복하게 살았으면 좋겠다.

　행복은 먼 곳에 있는 것이 아니라 가까운 곳에 있다.

행복은 남이 주는 것이 아니라 우리 집에, 자기 마음속에 있는 것이다. 가지고 있는 것과 지닌 것만으로도 얼마든지 행복할 수 있다.

그렇다면 어떤 마음가짐으로 행복을 찾아야 할까?
첫째는, 낙천적인 마음가짐에서 찾아야 한다.
모든 것을 긍정적으로 생각하고 기쁘게 받아들이려는 태도를 보여야 행복하게 살아갈 수 있다. 사물을 비관적으로 보고 부정적으로 생각하는 사람은 마음 편하고 기쁜 날이 없다.
인생을 밝게 보고 선의로 대하며 감사하는 마음으로 살아가면, 세상은 훨씬 밝아 보이며 살맛이 나는 세상이 된다.
둘째는, 분수를 지키는 마음에서 찾아야 한다.
분수를 지키고 자기 생활에 만족할 줄 알아야 행복하게 살아갈 수 있다. 자기의 분수를 알고 내가 가진 것에 만족할 줄 아는 사람만이 행복할 수 있다.
자기 생활에 만족하면서 겸허한 마음과 고마운 마음으로 살아갈 때 행복은 찾아온다.
구름은 희고 산은 푸르며 시냇물 흐르고 바위는 서 있듯, 정답고 잊을 수 없는 우리 이웃들 또 한 거기 그렇게 있다. 계절의 변화는 우리의 삶에도 변화를 주어 고맙다. 산천초목에 가을이 내리고 있다.

이 가을에는 모든 이웃이 꽃처럼 피어나는 '내 몫의 삶'을 찾고 행복의 이삭을 거두면 좋겠다.

5 몸과 마음의 건강

인생에는 다양한 의미의 오르막과 내리막이
있다. 오르막에도 내리막에도 행복은 생각
하기 나름이다.

가래떡 데이

매년 11월 11일은 빼빼로 데이다.

젊은 층과 연인들 사이에 초콜릿 과자인 빼빼로를 주고받는 기념일이다.

여성 구매층이 많은 밸런타인데이, 남성 구매층이 많은 화이트데이와는 달리, 남녀 연인들 사이에 선물 수요가 가장 많은 날은 빼빼로 데이다.

편의점 업계에서도 이날 연중 최대의 매출을 기록한다는 것이다.

남녀 간 선물 상거래가 가장 많은 마케팅 기념일이다.

외국 문화에서 유래된 기념일에 젊은이들은 모두가 열광한다.

11월 11일은 빼빼로 데이로 유명하지만, 이날은, 법정 기념일인 농업인의 날이며 '가래떡 데이'이기도 하다. 길고 가늘게 둥글려 뽑은 흰 떡이 가래떡이다.

11월 11일의 1 모양이 가래떡을 닮은 데다, 농업인의 날에 우리

쌀 소비를 촉진하고자 2,000년대 초반부터 가래떡 데이를 챙기고 있다.

요즈음 SNS에서는 가래떡 데이를 맞아 출시되는 예쁜 가래떡들이 인기다. 흑미 가래떡과 흰쌀 가래떡, 조청을 가미한 빼빼로 모양의 가래떡을 내놨다. 흑미와 백년초를 넣은 삼색 가래떡, 7가지 색깔의 무지개 가래떡도 나왔다.

어묵 국물에 가래떡을 함께 끓여 먹는 가래떡 물꼬지, 달콤 매콤한 가래떡 꼬치, 구운 떡을 김에 싸 먹는 가래떡도 선을 보인다. 치즈를 싸 먹는 치즈 가래떡, 앙금을 넣은 앙금 가래떡은 달고 고소한 별미다.

11월 11일을 한자로 쓰면 十一月 十一日이다. 열십자十와 한일자一를 합치면 흙토가 돼 土月 土日이다.

흙은 농업 농민 농촌의 상징이다.

정부는 1996년 11월 11일을 농업인의 날로 지정했다.

가래떡 데이는 이로부터 10년 뒤(2006년), 농업인의 날을 널리 알리고 쌀 소비를 촉진하기 위해 지정되어 올해로 17년째 생일을 맞는다.

우리 농산물을 알리고 쌀 소비를 촉진하기 위해 정부와 농협 등 관련 단체에서는 매년 가래떡 데이 기념행사를 열고 있다.

올해는 폭염과 장마로 농촌에는 그늘이 가득했다. 값싼 수입 농산물 때문에 경쟁력이 떨어져 쌀값이 폭락하니 농민들은 울상이다. 정부도 한마음 한뜻으로 돌파구를 마련하고 있다.

농식품부 주도로 트렌디한 떡 디저트와 쌀 과자가 개발되고 있다. 떡으로 만든 마카롱이나, 떡 케이크 등은 외국인들에게도 인기가 좋다고 한다. 더 '쌀은 곧 밥'이라는 관념이 바뀌고 있다.

초콜릿보다 화려하고 맛있는 우리 농산물 디저트가 빼빼로 데이 최고 선물이 되지 말라는 법도 없다.

단 호박 가래떡, 자색 고구마 가래떡, 쑥 가래떡, 백년초 가래떡, 비트 가래떡, 백미 가래떡, 흑미 가래떡 총 7가지 가래떡을 낱개로 포장한 떡이 빼빼로 데이 선물로 인기를 끌 가능성도 있다. 인조 색소가 아닌 곡물로 알록달록한 색상을 내어 화려한 모습을 뽐낸다.

'보기 좋은 떡이 맛도 좋다.'는 말이 있다.

우리 모두 마음의 고향인 농촌과 농민을 생각할 때다.

농업은 인류의 삶과 생존에 있어 근본적 역할을 하는 중요한 산업이다. 식량 생산과 먹거리 조달은 인간 생명을 유지하는 데 기본이다. 농업 관리는 토양 보전, 수질 보호, 생태계 유지를 통해 자연환경을 보호한다.

농촌은 지역사회의 전통문화를 유지 보호하는 역할을 한다. 국민의 식량 안보를 책임지는 산업은 농업뿐이다. 우리 MZ 세대들에게도 영원한 고향은 농촌이다.

금년 11월 11일에는 우리 젊은이들에게 빼빼로 초콜릿보다 예쁘고 맛있는 건강식품을 권하고 싶다.

아름답고 맛좋은 무지개색 가래떡 선물 세트.

참 의사

올해 5월 어느 날이었던 것 같다.

동네 상가에 있는 이비인후과 개인 병원을 찾은 적이 있다. 종합 검진 결과 청력이 많이 떨어졌으니 전문의 진찰을 받으라는 통보가 왔다.

환자가 많아 오전에 접수하고 오후에 병원에 들렀다. 차례가 되어 진료실에 들어서니 왜 왔느냐고 의사가 묻는다.

'귀가 잘 들리지 않는다.'라고 대답했다.

의사는 자기 책상 의자에 버티고 앉은 채로 서 있는 내게 말한다.

"노인들 귀가 어두운 건 보청기를 쓰면 되고, 다른 진찰이 필요 없다"라고 한다.

순간 나는 당황하고 의아한 생각이 들었다.

초진자가 진료실에 들어서면 의사는 환자와 마주 앉아 증상을 묻는다. 환자가 호소하는 신체 부위를 살펴보고 체크를 한다. 필요하면 사진을 찍거나 다른 검사도 하였다.

의사는 환자에게 소견을 설명하고 처방전을 건네주었다.

그동안 내가 병원에 다니며 체험한 기억이다.

이 의사의 행동이 불친절하고 도무지 이해할 수가 없었다.

나는 우두커니 서 있다가 쫓겨나다시피 진료실을 나와야만 했다. 무례하고 불친절한 의사에게 모욕감을 느끼고 집으로 왔다.

의학의 아버지라는 '히포크라테스' 정신까지는 아니라도, 친절과 겸손은 사람에 대한 최소한의 예의다.

적도 아프리카 땅에 병원을 세우고 의료 봉사를 한 슈바이처 박사는, 생명에 대해 경이로움과 형제애를 실천한 공로로 노벨 평화상을 받았다. 상금을 모두 아프리카 나환자촌을 만드는 데 썼다.

의술을 통해 헌신과 봉사, 인류애를 실천한 '참 의사'이였다.

대한민국의 한 의사는 아프리카 남수단의 작은 마을 '톤즈'로 파견을 자청하였다. 한국의 슈바이처라는 이태석 신부는 12개짜리 병실을 짓고, 하루에 200~300명의 주민을 진료하였다.

한센병을 비롯한 전염병으로 고통받는 주민들을 보살폈으며, 학교 기숙사를 세워 가난한 어린이들이 자립하도록 도왔다. 음악으로 아이들 마음속에 남아있는 전쟁의 상처를 치료하고자 온갖 노력을 하였다.

2008년 휴가차 한국에 왔다가 대장암 판정을 받고 1년간 투병 끝에 47세 젊은 나이로 생을 마감했다.

남수단 초등학교에는 이태석 신부의 삶과 업적을 담은 교과서가 나와 있다. 그는 남수단 국민에게 영웅으로 남아있다.

대한민국 사람 '참 의사' 이태석 신부다.

최근 국내에서는 의사 정원 문제로 정부와 의업계가 갑론을박하고 있다. 우리나라에서 의사와 변호사는 최고 소득의 전문 직종이다. 의과대학을 보내려고 초등학교 때부터 과외 공부를 시킨다는 현실이다.

대도시 선진 의료와 산골의 무의촌이 뒤섞인 나라가 한국이다. KTX 개통 후 전국의 중환자들이 서울의 5대 병원으로 쏠린다고 한다. 지방의 웬만한 병원은 문을 닫아야 할 지경이다.

가장 우수한 인재들이 모이는 의료계가 탐욕 집단처럼 보인다. 의사 모두가 슈바이처는 될 수 없지만 적어도 수재 집단秀才集團 이라면 사회적 책무에도 눈을 떠야 한다.

의료개혁 필요성이 대두될 때마다 의료 단체들은 파업 으름장을 놓는다. 거대 공장을 장악하고 광화문 광장을 점거하는 노동 집단과 무엇이 다른가?

의사나 환자나 똑같은 인간이다.

인간 삶의 의미가 거창한 담론에 있는 것도 아니다.

의사가 마주하는 환자 한 사람, 한 사람에게 건네는 미소와 친절, 고통의 교감, 그리고 생명에 대한 희망과 믿음을 놓지 않는 진심 어린 자세가 참 의사의 인술仁術이다.

건강과 십진법 생활수칙

십진법十進法은 1, 10, 100, 1,000, 10,000…. 과같이 10배마다 새로운 자리로 옮겨 가는 기수법記數法을 의미한다.

사람은 누구나 오래 살기를 원한다. 무병장수를 바라는 인간의 욕망은 어느 시대나 있었다.

1947년 세계 보건기구(WHO)는 '건강한 사람'을 정의했다. '육체적으로 병이 없는 것은 물론이고, 정신적으로 건강하고, 그래서 사회적으로 건강하게 사는 사람'이라고 하였다. 인간 건강은 육체적 정신적으로 균형이 유지되어야 한다.

현대인들의 생활수칙을 십진법에 따라, 건강증진을 권유하는 이야기가 회자膾炙되고 있다.

하루 한 번 이상 좋은 일 하기
하루 열 번 이상 웃기

하루 백 자 이상 글을 쓰기

하루 천 자 이상 글을 읽기

하루 만 보 이상 걷기

정신적 육체적으로 균형 있는 건강증진을 위해 하루, 선행과 웃음, 독서와 글쓰기, 만 보 걷기를 권유한다.

일상생활에서 남에게 이로움을 주는 선행善行은 무엇보다 값지고 아름다운 일이다. 거리에 흩어진 쓰레기를 치우는 일, 집 앞길 청소, 교통 약자에게 자리 양보…. 하버드대학 실험에서 봉사 활동에 참여한 의대생들의 체내 면역 기능이 많이 증가하였다는 결과가 나왔다.

테레사 수녀 일대기를 영상으로 보기만 해도 나쁜 병균, 악성 세포를 물리치는 항체가 50% 이상 증가했다고 한다.

의학계에서는 웃음이 질병 치유 과정에 크게 도움이 된다는 결과를 내놓았다. 인간의 웃음은 기쁨과 만족감을 드러내는 일반적 표현이다.

만족감이 올라가면 스트레스 해소, 왕성한 호르몬 분비로 면역 체계를 강화하여 질병을 예방한다.

웃음은 혈액 순환을 원활하게 하고 온몸에 활력을 전해 준다. 웃음의 심리적 효과는 스트레스 감소, 기분 개선, 창의성과 생산성 증대에도 탁월한 효과가 있다.

일상생활에서 시나 수필 등 글을 쓰면 치매가 예방되고 장수에도 크게 도움이 된다는 사실이 의학적으로 밝혀졌다고 한다. 또 일기를 쓰거나, 기뻤던 일, 감사해야 할 일을 기록해 보는 것도 건강에 좋고 삶이 행복해진다는 연구 결과도 있다.

독서의 중요한 목적은 책으로부터 인생의 지혜를 배우는 데 있다. 독서를 통해 얻는 즐거움은 인체에서 행복을 촉진하는 물질이 나와 건강을 촉진한다는 것이다. 책을 소리 내어 읽으면 발음과 소리를 통해 뇌가 자극되고 활성화되어 치매 예방에 도움이 된다.

인간에게 걷기는 삶의 기본이다. 직립 동물 인간이 걷지 못하면 신체의 균형 유지가 어렵다. 걷는다는 것은 신체의 운동뿐 아니라 사색의 시간도 될 수 있다. 두 발로 걷지만, 두뇌의 활동도 계속된다.

하루 한 시간 남짓 걷는 것은 달리기나 다른 격렬한 운동보다 체중 감량에 효과가 크다. 비만 방지는 물론이고 각종 질병 예방에 효과가 크다.

오늘도 건강하게 '살아있음'에 감사하고, 남을 기쁘게 하며, 세상에 조금이라도 보탬을 주며 살자.

일소일소一笑一少 일노일노一怒一老, 한 번 웃으면 한 번 젊어지고, 한 번 화를 내면 한 번 늙어 간다는 옛말도 있다.

읽고 쓰고 사색하며 인생을 관조觀照해 보자.

걷지 못하면 인생의 종점이다.

장수長壽의 늪

인구통계연감에 의하면 우리나라는 지금 초고령 사회에 진입해 있다. 1950년대 평균수명이 48세에서 2010년대에는 81세로 껑충 뛰어올랐다. 60년 동안 평균수명이 30세 이상 늘었다.

우리가 학교에 다닐 때는 친척이나 이웃집에서 환갑잔치하는 풍경을 많이 볼 수 있었다. 1970년대까지만 해도 환갑까지만 살아도 장수했다고 축하 잔치를 해 주었다.

현재 우리나라 사람 중 80~90대 인구가 200만 명을 넘는다고 한다. 그러나 우리 눈에는 그 많은 고령자가 잘 보이지 않는다. 많은 고령자 가운데 나들이가 가능한 사람은 많지 않기 때문이다.

'장수의 늪'이라는 말이 있다.

초고령자 중에는 걸을 수가 없어 외출을 못 하거나 각종 질환에 시달리는 이들이 많다. 다른 사람의 도움이 없으면 정상 생활이 불가능한 인구층을 '장수의 늪'에 빠져 있다고 표현한다.

요양원이나 병원, 가정에서는 간병인, 요양보호사나 도우미의 부축을 받으며 연명하는 노인들을 장수의 늪에 빠졌다고 보는 것이다. 장수의 늪을 이해하는 데는 '평균수명'과 '건강수명' 개념을 이해할 필요가 있다.

한 나라의 국민이 평균적으로 몇 살까지 사는가를 가늠하는 것이 평균수명이다. 한마디로 몇 살까지 살다가 죽느냐는 것이다. 그런가 하면 건강수명은 심신이 건강하고 홀로 생활이 가능한 나이를 말한다. 남의 도움 받지 않고 걸을 수 있으며 홀로 일상생활이 가능한 나이를 건강수명이라고 한다.

현재 한국인의 평균수명은 83세지만 건강수명은 그보다 훨씬 짧아서 여성은 73세, 남성은 71세라고 한다. 남성은 12년(83세-71세), 여성은 9년(83세-74세)으로 고령자는 평균 십여 년을 장수의의 늪에서 헤매다가 삶을 마감하는 셈이다. 개인차가 있기는 해도 80대면 누구나 장수의 늪에 빠진다.

경제적으로도 넉넉지 않고, 사회적 소외감도 들며 체력과 건강이 쇠약해진다. 치매, 암, 고혈압, 당뇨 등 만성질환이 두 명 중 한 명꼴로 찾아와 고생이 시작된다.

이런 질환 말고도 나이가 들면 무엇보다 다리가 불편하여 건강의 적신호가 온다. 눈 귀가 어두워지고 치아, 허리, 무릎 등 만만찮은 문제들이 발생한다.

정신적으로도 위축될 수밖에 없다. 정신적으로 취약해지면 자립, 자율을 포기하고 누군가에게 의존하지 않으면 안 된다.

침대에 누워 나 몰라라 하는 수동적 자세가 되면 가족들은 물론 옆에서 돕는 이들의 마음도 멀어진다.

장수의 늪은 누구나 피할 수 있는 길이 아니다. 우리에게 주어진 운명의 길이다. 여자 9년 남자 12년, 한국인 십여 년 장수의 늪은 우리 운명이다. 어떻게든 그 힘든 늪에서 빠져 허우적대지 말고 슬기롭게 잘 건너야 한다. 이 늪을 건강하고 수월하게 건너야 장수의 보람이다. 같은 운명의 길이라고 누구에게나 똑같지라는 법은 없다. 슬기를 다 해 운명의 늪을 수월하게 건너야 한다.

인생에는 다양한 의미의 오르막과 내리막이 있다. 오르막에도 내리막에도 행복은 생각하기 나름이다.

인생의 마지막 단계에서는 자녀들이나 다른 이들의 돌봄을 받는 일이 늘어난다. 이런 현상을 '꼴불견'이라고 생각하면 불행이지만, '감사'라고 생각하면 행복이다.

사람은 돌봄 속에서 성장하고 마지막에는 돌봄 속에서 죽어 간다. 나를 마지막 돌보는 이들에게 '고맙다'라며 순순히 받아들이는 게 행복으로 이어지는 길이다.

한식 제사

지난주 4월 5일은 식목일이자 한식寒食이었다.

한식은 설, 단오, 추석과 우리의 전통적인 4대 명절 중 하나였다.

한식 제사는 겨울이 지나고 봄이 찾아오는 시점에서 조상을 기리고, 가족 간의 유대를 강화하는 뜻깊은 날이다.

올해의 한식 제사는 가족 묘원을 조성하고 처음 치르는 제례였다.

예전에는 한식 제가 기제사나 명절 차례에 비해 무척 힘들고 번거로운 행사였다. 조상들 산소가 무려 다섯 군데 산에 분산되어 있었기 때문이다.

따로따로 떨어진 장소를 찾아가 제사나 성묘를 드리는 일이 불편하고 힘든 일이었다. 여러 군데 있던 산소들을 가족 묘원 조성을 하고 한곳에 모시니 모든 일이 수월하고 편리해졌다.

가족 묘원을 조성하던 지난날이 떠오른다.

이장移葬을 전문으로 하는 회사와 계약을 하고 일이 시작되었다.

늦가을 새벽 쌀쌀한 날씨에 먼저 조부모님 산소에 도착하였다. 간소한 제물을 차려 놓고 잔을 올렸다. 이어서 파묘작업이 시작된다. 옛날에는 산역山役이라는 게 일일이 사람의 손으로 했지만, 지금은 모든 게 기계화 작업이다.

파묘 작업을 하는 굴착기 기사는 숙련된 전문가였다. 잠깐 사이에 봉분을 모두 허물고 땅을 파헤친다. 유골이 안치된 바닥이 드러나니 기계는 멈추고 인부들이 들어가, 호미로 바닥을 긁으니 드디어 나란히 누워계신 조부모님 유골이 나타났다. 순간 나도 모르게 한탄을 하며 눈물을 흘리고 있었다. 생과 사의 허무감과 인생무상이 슬픈 감정을 유발한 것 같다.

내가 결혼을 하기 전까지도 조부모 슬하에서 살았다. 대종손의 귀한 존재를 말씀하시며 나를 극진히도 사랑하셨던 할머니 할아버지셨다.

수습된 유골들은 각각 하얀 종이에 쌓아 아담한 상자에 넣었다. 다섯 군데 무덤을 모두 파묘하고 수습한 유골은 10박스였다. 화장장 예약이 어려워 유골 상자를 보관할 장소를 걱정하기에 나의 서재 방에 안치해 달라고 했다. 구청에서 묘원 장지 허가가 나서 등기를 하고 화장장으로 갔다.

유골들은 화장장에서 가루가 되어 나왔다. 가족 묘원에 도착 정해진 위치에 땅을 파고 흙 속에 안치가 되었다.

땅은 흙이고 흙은 만물을 살리는 바탕이다. 인간은 흙에서 태어나 흙 위에서 삶을 구사하다가 이렇게 흙으로 돌아간다.

한식 제사와 산소관리의 유래는 우리 조상들의 전통문화와 관련이 있다. 한식은 동지 이후 105일째 되는 날로, 봄의 기운이 가장 강한 날로 여겨진다. 이날 자손들은 조상들 무덤을 찾아가 산소를 정리하고 가꾸며 제사를 지낸다.

한식 제사는 조상을 기리고 존경하는 마음을 담아, 산소를 깨끗하게 하고자 하는 전통문화로 자리 잡아 왔다.

인류문명의 발전과 제례 문화는 밀접한 관계가 있다. 인류의 역사와 함께 제사 문화도 발전해 왔으며, 제사 문화는 인류의 신앙, 예술, 과학, 건축 등 다양한 분야에서 중요한 역할을 해 왔다.

제사 문화를 통해 인류는 신과 소통, 조상에 대한 존경, 사회적 결속 등을 이루며, 이를 통해 인류문명도 발전해 왔다.

제사는 조상숭배와 밀접한 관계가 있으며, 조상들을 기리고 존경하는 의식이다. 조상들과의 연결을 유지하고 그들의 가르침과 지혜를 계승하며, 흩어져 살아가는 자손들이 모두 모여 결속을 하는 자리가 제사의식이다.

올해 한식제가 모두 끝나고 묘역을 살펴보니 감개가 무량했다.

가족묘 원내 잔디가 골고루 잘 자랐고 깔끔한 표시석 아래 나란히 누워 계신 조상님들의 평온한 모습에 안도감을 느낀다. 지금의 이곳은 조상과 후손들이 저승에서 만나는 날 모두의 영원한 안식처가 될 것이다.

부모님과 조부모님이 한집안에 살아계실 때 내가 본 애증의 세월도 끝나고 지금은 모두가 침묵 속에 나란히 누워 계시다.

아무쪼록 지금의 안식처에서 평안히 영면永眠하시기를 기원하며 귀갓길을 서둘렀다.

두꺼비 산악회

한국의 전통문화에서 두꺼비는 길한 동물로 여겨서 여러모로 인식이 상당히 좋다. 옛날에 좀 산다는 집안에는 황금 두꺼비와 황금 거북이를 집에 모셔 두었다. 현대에도 사찰이나 전통마을 같은 곳에 가면 기념품 판매점에서 금빛으로 된 두꺼비나 거북이를 어렵지 않게 찾아볼 수 있다.

같은 직장에서 산을 좋아하고 사랑하던 이들이 의기투합으로 등산모임이 시작되었다. 산악회를 창설할 때 도봉산 망월사를 올라가는 입구에서, 멀리 높은 계곡에 매달려 있던 '두꺼비 바위'를 바라보면서 산악회 이름을 지었다. 두꺼비 산악회는 40여 년을 지나 반세기 역사를 써 가며 지금도 산행은 계속되고 있다.

매월 둘째 일요일은 비가 오나 눈이 오나 어김없이 등산길에 나선다. 매년 입춘 절기가 가까운 2월 두 번째 일요일에는 산신제山神祭도 빼놓지 않았다. 회원들의 무사고 안전 산행과 가족들의 행운을 비는 행사였다.

오랜 세월이 지나는 동안 회원끼리는 말할 것 없고 가족들 간에도 모임이 이어졌다. 등산이 이어준 인연은 피로 얽힌 가족이나 동기간처럼 또 하나의 '두꺼비가족'을 만들어 정을 나누며 살아가고 있다.

반세기 가까운 세월 동안 한반도 남쪽의 이름 있는 산들은 빼놓지 않고 모두 정상에 올라갔다.

한라산의 웅대한 모습, 설악산의 아름다운 계곡, 지리산의 웅장한 자태, 내장산 단풍, 가야산 계곡, 속리산 숲, 소백산 철쭉, 월악산 영봉, 북한산 백운대, 도봉산 만장봉 등 철 따라 옷을 갈아입으며 우리를 반겨주던 정든 산들이다.

우리는 왜 산에 올라가는가?

인간은 자신의 나약과 부족을 절대자 앞에 의지하려는 마음에서 산을 찾는다.

기암과 괴목, 폭포와 절벽이 어우러져 고고한 자태와 지존의 의지를 굽히지 않는 산을 찾아 그 속에서 간구하고 기도하며 명상을 하기 위해 산을 찾는다.

산의 모습은 멀리서 바라볼 땐 교만하고 잠들어 있는 것 같지만, 일단 그 품에 안겨 보면 봄의 빛과 여름의 힘과 가을의 향기와 겨울의 소리에 반하여 종래는 침묵하게 된다.

무궁한 세월을 같은 모습으로 버티고 서 있는 거대한 뚝심과 무뚝뚝한 것 같은 외모와는 달리 새들의 울음과 나비의 몸짓과 맹수의 포효, 그리고 천년을 소리 내어 흘러가는 물소리를 들어 주는 인내와 무한한 도량이 있다.

하늘을 찌르듯 솟아오르는 굳은 의지, 모든 것을 수용할 듯 우람한 능선, 차가운 솔바람 소리도 깊은 잠으로 머무는 그윽한 계곡이 있다. 산속에 있는 모든 것들은 소박하고 단순하며 가식 없이 있는 그대로다.

산은 꾸밈과 허영이 없으며, 자연은 인간을 속이지 않는다.

산처럼 사람과 사람을 가깝게 해 주는 것도 없다.

산에서는 미움이 없으며, 미움 없는 공간에는 나와 너 사이에 진실한 인간적 대화가 꽃핀다. 같은 산이라도 봄에는 금강산, 여름에는 봉래산, 가을에는 풍악산, 겨울에는 개골산이라고 다르게 이름을 지어 부른 우리 조상들은 멋과 풍미가 있다.

산은 아버지의 위엄과 어머니의 자비와 절대자의 신성불가침 경지를 일깨워주는 인류의 영원한 스승이다.

인간이 대지를 힘차게 걸어갈 때 우리의 생명은 젊고, 순수하고 아름다워진다. 인간의 발이 땅을 밟지 않을 때 심신에 질병이 생기기 마련이다.

인간은 흙에서 태어나 흙으로 돌아가는 존재다. 인간이 자연을 멀리하면 할수록 정신병, 문명의 질환에 시달리게 된다.

현대 문명에 지친 우리는 자연의 품으로 돌아 가 '산의 정기'를 마셔야 한다. 산의 정기는 사람을 착실하게 하고 인간과 인간을 결합한다.

인도의 심원한 철학은 히말라야 산속의 명상에서 나왔다.

타고르의 아름다운 시는 깊은 산의 산물이다.

독일의 괴테는 산에서 위대한 시의 영감을 얻었다고 하였다.

두꺼비 산악회 가족들은 혈육 동기간처럼 정을 주고받으며 살아
간다.

고독이라는 병

부부가 살다가 한날한시에 함께 죽을 수는 없다.

아무리 금실이 좋은 부부라도 누군가는 먼저 저승으로 가야 한다.

그러니까 노년이 되면 혼자 사는 연습도 미리 해야 할 것 같다.

요즘 70세가 넘는 노인들의 고민이 항간에 회자되고 있단다. 더 늙고 힘들어지기 전에 시니어 타운 같은 아파트로 이사를 해야 하나, 계속 이곳에 살아야 하나 하는 걱정인 것이다.

미국에 사는 친구들 말로는 미주 한인 사회에서도 노인들이 모이면, 어느 지역 시니어타운이 좋으냐는 게 일상의 화제라고 한다.

우리나라에서도 시니어타운 붐이 일어났다. 수도권을 중심으로 수원, 청평, 고창 등지에 시니어타운이 몰리는 현상이다. 시니어 타운에는 골프장, 테니스장, 수영장, 산책로 등이 있고 취미 클럽활동도 많다고 한다.

백세 시대의 낙원으로 생각하고 있다. 그러나 '모든 것은 변한다.

그것은 진리다.'〈주역〉

미국이나 일본에서는 시니어타운의 변화 현상이 나타나고 있다. 시니어타운이 백 세 노인의 낙원으로만 알았지 몇십 년 후의 변화는 미처 예상하지 못하였다.

〈뉴욕타임스〉는 백세 시대의 노인 촌이 어떻게 변하고 있는가에 대해 특집기사를 보도하였다. 이 기사는 시니어 빌리지가 영원한 파라다이스가 아니라는 걸 보여주고 있다. 부부가 같은 날 죽을 수는 없으므로 실버타운에도 이 같은 현상이 나타나 홀몸인 노인 즉, 싱글 노인 인구가 늘어나게 된 것이다. 그런데 이 독거노인들이 85세 이상 된, 힘없고 노쇠한 사람이라는 점이다.

뉴욕타임스는 일본의 시니어타운에서 '이토 할머니의' 일기장을 입수하여 보고했다. 그 내용이 대단히 흥미롭고 충격적이다.

한때는 화려했던 시니어타운이 35년 후에는 '독거노인 촌'처럼 변해 간다는 사실이다. 홀로 된 노인들의 정신적 고독은 말할 것도 없고, 쓰레기와 오물로 타운 전체가 지저분해져 아파트값도 떨어지고 젊은 노인들이 입주를 꺼린다.

치매 노인이 많아 동네에서 가출 신고가 빈번하고, 사망한 지 며칠이 지나도록 옆집도 모르고 방치하기 일쑤였다.

85~90세가 되면 운전도 하지 못해 각종 시설도 아무런 의미가 없어진다. 그러면 가장 중요한 것이 무엇일까? 무엇보다도 독거노인들의 고독을 해결하는 문제다. 이 문제를 해결해주는 것은 자식들이 아니라 시니어타운에서 사귄 친구들이다.

자식들은 멀리 떨어져 있어 살아가는 데 아무런 도움이 안 된다. 오직 이웃에 사는 친구들만이 도움을 줄 수 있고, 이들을 만나는 것이 유일한 낙이다. 그런데 이런 친구들은 70세 이전부터 미리미리 사귀어야지, 85세가 넘으면 친구 사귀기도 힘들다고 이토 할머니는 말하였다.

외로움은 혼자 사는 노인들이 겪어야 하는 최고의 형벌이라고 했다. 고독보다 더 큰 병이 세상에 있을까?

노년의 '고독이라는 병'은 일본의 노인 문제에서 사례가 나타나고 있다.

일본에서는 놀라운 새 현상이 나타났다.

독거 여성 노인들이 슈퍼마켓에서 생선이나 고기를 버젓이 훔치고 있다. 그런 범죄 행위가 평균 1년 5개월 징역형에도 불구하고 일부러 훔치는 것이다. 왜 그런 행위를 할까?

교도소에 스스로 가기 위해서란다. 교도소에 가면 사람들이 북적거려 외롭지 않고, 자신의 건강까지 교도소에서 다 살펴 주고 운동까지 시켜주기 때문이다.

교도소가 노인들의 피신처로 바뀌고 있어 정부가 골머리를 앓고 있다. 자유는 없지만, 걱정거리도 없다는 것이 교도소를 찾는 노인들의 생각이다.

생로병사는 피할 수 없는 인간의 운명이다.

부부가 함께 오래 살아가는 백년해로百年偕老는 복 중의 복이다.

해로하지 못하면 누가 먼저든 가야 한다. 사랑하던 상대가 사라졌을 때 누구나 고독해진다. 다시는 해로할 상대가 없다고 느껴지면 고독은 절망이 된다. 절망은 정신적 종말, 죽음과의 연결이다.

"내 안에는 나 혼자 사는 고독의 장소가 있다. 그곳은 말라붙은 당신의 마음을 소생시키는 단 하나의 장소다."

노벨문학상을 받은 '대지'의 작가 펄 벅이 한 말이다.

몸과 마음의 건강

인간은 움직이지 않으면 쉽게 노화 현상이 나타난다.

사람의 수명이 얼마나 되는가 하는 논의는 예로부터 있었다. 성경에는 인간의 수명이 120세로 나와 있다.(창세기 16장 3절)

현대 의학자들도 125세까지로 비슷하게 보고 있는 것 같다. 통계청에 따르면 현재 65세를 넘긴 사람들의 평균수명을 91세로 보고 있다.

'인생 칠십 고래희'는 옛말이 되고, 인생 백세 시대가 온 것은 분명해 보인다.

우리의 건강은 크게 두 가지 부문으로 나눌 수 있다. 첫 번째는 육체적 건강으로 우리의 신체와 생리적 상태에 관한 것이다.

두 번째는 정신적 건강으로 우리의 마음, 정신, 그리고 감정 상태에 관한 것이다. 이 두 가지 요소는 서로 밀접하게 연결되어 있으며, 서로에게 영향을 주는 관계에 있다.

요즈음은 인생 백 년 '사계절' 설도 회자되고 있다.

25세까지가 인생의 봄, 50세까지를 인생의 여름, 75세까지를 인생의 가을, 100세까지는 인생의 겨울이라는 것이다. 이에 따르면 70세 노인은 만추晚秋의 나이로 단풍이 가장 아름다운 시기로 해당한다.

80세의 나이는 초겨울에 접어든 것이다.

105세 노철 학자 김형석 교수는 '사람은 60세에서 75세까지가 인생의 절정기'라고 말했다.

육체적 나이보다 더 중요한 것이 정신적 젊음이다.

정신적 건강과 육체적 건강은 서로 밀접한 관계가 있다. 마음의 건강이 육체적 건강에도 긍정적 영향을 미친다는 것이다.

세계 보건기구(WHO)는 '건강이란 육체적, 정신적 및 사회적인 완전한 안녕 상태'를 말한다고 정의하고 있다. 육체적으로 건강할 뿐 아니라 정신적이나 사회적으로도 안녕 상태를 유지해야 건강하다고 보는 것이다.

'돈의 잃음은 작게 잃음이요, 명예를 잃음은 크게 잃음이요, 건강을 잃으면 모든 걸 다 잃는다.'라는 서양 속담이 있다.

'건강한 신체에 건강한 정신이 깃든다.'는 격언도 있다. 육체적 건강과 정신적 건강은 떼 놓을 수 없는 관계인 것이다.

신체적 건강은 정신 상태에 큰 영향을 미치며, 반대로 정신적 건강은 신체적 건강을 개선하는 데 도움을 준다.

마음의 건강이 몸의 건강을 이끌어 갈 수 있다.

유대계 미국 시인 사무엘 울만은 '청춘(Youth)'에서 이렇게 노래하였다.

"청춘이란 인생의 어떤 기간이 아니라 마음의 상태를 말한다.
때로는 20세 청년보다 70세 노년에 청춘이 있다.
나이를 더해 가는 것만으로 사람은 늙지 않는다.
이상과 열정을 잃어버릴 때 비로소 늙는다."

우리나라에 와 정주영 현대그룹 회장을 만났을 때, 기업가 정신을 가장 잘 실천하고 있는 1등 국가라고 극찬했던 세계적 석학 피터 드러커는 96세에도 집필을 하였다. 105세 나이에도 김형석 박사는 국내 주요 일간지에 칼럼을 쓰고 전국을 순회하며 강연을 하고 있다.

우리의 신체적 건강 상태는 정신 상태에 큰 영향을 미치며, 반대로 정신적 건강은 신체적 건강을 개선하는 데 도움을 준다.

꾸준한 운동과 심신의 균형, 균형 있는 영양 섭취와 평온한 사색, 충분한 수면과 정신적 안정, 긍정적 사고와 스트레스 관리는 우리가 건강하고 행복한 삶을 살아가는 데 필수적인 요건이다. 따라서 육체적 건강과 정신적 건강을 조화롭게 유지해야 한다.

건강한 생활 양식(Life Style), 규칙적인 운동과 올바른 식습관은 우리가 건강하고 행복한 삶을 살아가는 데 빼놓을 수 없는 요건이다.

'마음이 청춘이면 몸도 청춘이라고' 정신과 의사들은 말한다.

'이 나이에 무슨….'이라는 소극적인 생각은 절대 금물이다.

인간의 생사는 물론 우리가 마음대로 할 수 있는 게 아니다. 그러나 심신이 건강하고 다른 사람에게 도움을 줄 수 있을 때까지 살 수 있다면, 인생은 축복이다.

막걸리

"나는 술을 좋아하되/ 막걸리와 맥주밖에 못 마신다.

막걸리는/ 아침에 한 병 사면/ 한 홉짜리 적은 잔으로

생각날 때마다 마시니/ 거의 온종일 간다.

- 중략 -

마누라는 몇 달에 한 번 마시는 이것도 마다한다.

세상은 그런 것이 아니다/ 음식으로/ 내가 즐거움을 느낄 때는

다만 이것뿐인데/ 어찌 내 한 가지뿐인 이 즐거움을

마다하려고 하는가 말이다

우주도 그런 것 아니고/ 세계도 그런 것 아니고/

인생도 그런 것 아니다

목적은 다만 즐거운 것이다/ 즐거움은 인생의 최대 목표이다

막걸리는 술이 아니고/ 밥이나 마찬가지다/ 밥일 뿐만 아니라
즐거움을 더해주는 하나님의 은총인 것이다.

- 천상병

　장마철의 지루한 날씨 속에서 비가 끊임없이 내리고, 구름 낀 하
늘이 어둡고 우중충하다. 집안으로 들어오는 빗소리는 답답하고 우
울한 기분을 자아낸다. 창밖으로 바라보는 빗속 풍경이 촉촉하고
칙칙한 느낌이다.
　비 오는 날씨에도 '하루 만 보 걷기'는 거를 수 없으니 우산을 들
고 집을 나섰다. 늘 친구들과 찾아가는 수락산 입구로 갔다. 인적
드문 빗속의 숲길은 을씨년스런 기분마저 든다.
　수락산 입구 등산로에는 천상병 시인의 시비와 여러 편의 시가
전시되어 있다. '막걸리' 시 제목을 보고 혼자서 미소를 지었다. 비
오는 날 빈대떡에 막걸리 한잔 충동에 친구에게 전화를 걸었다. 아
무 때고 불러내어 격의 없이 막걸리 한잔 나눌 수 있는 친구가 있다
는 것도 행복이다.

　우리 술 하면 역시 막걸리다.
　맑은 청주를 떠내고 술지게미를 체에 걸러 적당량의 물을 섞은
게 막걸리다. 또한, 막 걸러 냈다고 해서 '막걸리' 라고도 한다.
　옛날에 어른들은 술 심부름을 시킬 때 막걸리를 "사 와라"고 하지

않고 막걸리를 "받아 오라"고 하였다.

우리는 막걸리 한 병과 녹두빈대떡 한 접시를 놓고 마주 앉았다.

빈대떡의 바삭한 식감과 달콤한 맛이 입안 가득 퍼지면서, 막걸리의 상쾌한 맛이 몸과 마음을 감싸 주어 편안함을 느끼게 한다.

흘러간 옛날 가요 '빈대떡 신사' 노래가 나올 것 같은 흥에 취해 비 오는 날의 우울함을 잊게 한다.

천상병 시인의 '막걸리'는 일상적이고 소박한 주제를 다루면서도 깊은 철학적 사색과 인간 삶의 본질적 즐거움을 보여준다.

이 시는 막걸리라는 술을 통해 시인 자신의 삶과 세상을 바라보는 관점을 나타낸다. 막걸리에 대해 시인은 매우 구체적인 상황을 제시하며, 이 술이 단순한 음료가 아닌 하루를 채우는 존재임을 강조한다. 막걸리 한 병이 하루를 통해 소비되는 과정을 시간과의 교감과 일상 속에서 소소한 즐거움을 표현한다.

시인은 즐거움이 인생의 궁극적 목적이라는 주장을 통해, 현대인들이 종종 잊고 있는 삶의 본질적 가치를 상기시킨다.

우리의 삶 속에서 즐거움을 찾고, 그것을 통해 충만하게 살아가는 방법을 다시 생각해 보는 계기를 마련해 준다.

막걸리는 원래 쌀로 빚었던 것이 식량난으로 1964년부터 1976년까지는 밀가루로 주조되었는데, 통일벼로 쌀 자급이 달성되자 다시 쌀로 등장했다. 지역마다 막걸리가 있지만, 맛이 조금씩은 다르다. 알코올 도수도 6도에서 제한이 풀려 14도 이상까지 다양해졌다.

막걸리는 통풍 치료와 예방, 지방간 제거, 혈관 청소와 요산 수치 저하, 암세포 억제, 만성피로 회복 등 만병통치 식품이라고 예찬도 한다.

운동 후 땀 흘리고 마시는 첫 잔 막걸리 맛은 천하 일미다.

막걸리는 대중주로 2009년 '한국의 10대 상품' 1위에 오르기도 했다.

국내 600여 개 양조장에서 약 1,200 여종 막걸리가 생산된다. 국내 최고가 막걸리는 18도짜리 '해남 해창 막걸리병'으로 주문으로만 생산하며, 한 병에 11만 원으로 그 맛이 무척 궁금하다.

옛날 찌그러진 양은 주전자 두드리며 뽕짝을 노래하던 그 시절이 그립다.

웃음 치료

기쁘거나 즐거울 때, 또는 우스울 때 나타내는 표정이나 소리를 우리는 웃음이라고 한다. 웃음과 울음은 인간 생활에 깊은 영향을 미친다.

웃음은 우리를 기쁨과 행복으로 가득 채우고, 사회적인 연결을 강화하며 스트레스를 감소시켜 준다.

현대 의학은 인간의 질병 치료에 웃음 치료를 도입하고 있다.

최근의 웃음 치료는 심리치료 및 심리적 안정을 증진하는 데 중요한 역할을 한다. 웃음 치료는 스트레스 감소, 면역 시스템 강화, 통증 관리, 우울증 및 불안장애 치료 등 여러 분야에서 사용된다.

의학계에서는 웃음 치료를 통해 삶의 질을 향상하고 신체적, 정신적 건강을 증진하는 데 큰 관심이 집중되고 있다.

웃음 치료는 활발히 연구되고 진행 중이며, 웃음 요법, 웃음 요가, 웃음클럽 등의 다양한 형태로 실시되고 있다.

웃음 치료의 기원은 '웃음 학'의 아버지라는 '노만 카슨스'이다.

미국의 저명한 '토요리뷰' 편집인인 그가 강직성 척추병이라는 희귀한 병에 걸렸다. 관절염의 일종으로 뼈와 뼈 사이에 염증이 생기는 병으로 완치율이 낮은 병이었다.

50대의 나이에 그 병으로 죽는다고 생각하니 너무 억울하였다. 그의 서재에 있던 '삶의 스트레스'라는 책을 우연히 읽게 되었다.

책을 읽는 중에 "마음의 즐거움은 양약"이라는 말에 감동하였다. 가장 좋은 약은 마음의 즐거움에 있다고 생각하고 웃으며 즐겁게 살아 보겠다는 다짐을 하게 되었다. 일상생활에서 계속 웃으니 아픈 통증이 사라지기 시작했다. 어느 날부터 손가락 하나가 펴지고 치료 효과는 호전되었다.

부인과 가족들은 감격하여 울었고 가족 모두가 함께 웃기 시작했다. 온 집안 식구가 함께 웃음의 생활을 계속하니 몸은 호전되어 완치되었다. 웃음으로 병이 치료된 그는 너무도 신기해서 하버드대학과 스탠퍼드 대학을 찾아가 경험담을 얘기하였다.

의과대학 교수들은 처음에는 의아해했지만 웃음에 관한 연구에 착수하였다. 연구하면 할수록 웃음에 대한 비밀을 알게 되었고, 웃음의 치료 효과, 영향력 등 놀랄만한 사실 수백 가지를 발견하였다.

노만 카슨스는 '토요리뷰' 편집인을 그만두고 의과대학 교수 밑에서 보조 일을 시작했다. 의대 졸업 출신이 아닌데도 그는 웃음 치료를 계속 연구하여 의과대학의 교수가 되었다.

베스트셀러였던 그의 저서 '질병의 해부'에서 '웃음은 질병의 방탄조끼'라고 이야기하고 있다. 어떤 세균, 병균, 바이러스도 웃는 사람에게는 침투할 수 없다고 했다. 웃음은 탁월한 면역 효과가 있다는 말이다.

인간의 웃음은 마음과 정서를 강하게 하는 힘이 있다. 한번 크게 웃을 때마다 엔도르핀을 비롯한 21가지의 쾌감 호르몬이 생산된다고 했다. 웃음은 불안, 짜증, 공포와 관련된 교감신경을 억제하고 안정, 행복 편안함을 지배하는 부교감 신경을 자극해 혈압을 낮추고 혈액 순환을 돕는다.

박장대소拍掌大笑와 요절복통腰折腹痛으로 웃으면 650개 근육, 얼굴 근육 80개, 205개의 뼈가 움직여 산소 공급이 두 배로 늘어난다.

자신감이 생기고, 활력이 솟구치며 늘 긍정적인 상상을 지속할 수 있다. 웃을 일이 없어도 웃으면 웃을 일이 생긴다. 웃을 일이 있을 때만 웃을 것이 아니라, 억지로 노력해서라도 웃어야 한다.

행복한 사람이 웃는 게 아니라 웃는 사람이 행복해지는 것이다. 내가 웃으면 거울도 웃는다.

'일소일소', '일노일노'라는 말도 있다.
'소문만복래'라고 했다.

최근에는 온라인 플랫폼을 통해 가상으로 웃음 요법을 제공하는 서비스도 등장하고 있다. 언제 어디서든 웃음을 경험하고 치료 효과를 누릴 수 있는 환경이 조성되고 있다. 현대 의학과 웃음 치료의 진전은 인류의 건강을 위해 더욱 발전할 것 같다.

프로야구 세상

유난히도 무덥고 지루한 여름이었다.

매일 30도가 넘는 더위와 기록적인 열대야는 숨이 막히는 것 같았다.

가을 절기인 입추, 처서, 백로가 지나도 더위는 수그러들지 않았다.

추석날까지도 낮 온도가 35도를 넘는 '폭염 추석'을 보냈다. 예측하기 힘든 장맛비와 물 폭탄은 국내 곳곳에 수재를 몰고 왔다. 지구가 몸살을 앓고 있는 징후임이 틀림없다.

길고 지루한 더위와 계속되는 장마에 심신이 피로한 나날들이었다. 그래도 '프로야구'라는 유별난 세상이 있어 위로를 받을 수 있었다. 프로야구(KBO) 리그는 한가위 연휴 동안 꿈에 그리던 1,000만 관중을 돌파하였다. 1982년 프로야구 출범 후 43년 만에 나온

대기록이다. 5,200만 국민 중에 1,000만 명 이상이 야구장을 찾은 것이다.

이삼십대 여성 팬들이 가장 많아 프로야구장을 접수한 것 같다. 먹거리, 볼거리, 놀 거리가 풍부한 야구장 분위기가 많은 관객을 운동장으로 끌어들였다. 10개 구단의 실력 평준화가 관중들을 더욱 환호하게 하고 있다.

가끔 뉴스나 시청하던 내가 요즘은 매일 TV 앞에 앉아 긴 시간을 프로야구 경기 시청을 하느라 많은 시간을 빼앗기고 있는 셈이다. 지역 연고 팀인 '한화' 응원을 하느라 경기를 보지 않을 수가 없다. 만년 하위 팀이었던 한화는 감독이 바뀌고 승률이 높아져 중간 순위를 향해 약진하고 있다.

평일이나 주말 오후에 5개 구장에서 일제히 게임이 시작된다. 구장마다 선수와 관객들이 함께 애국가를 부르고 국민의례를 진행한다.

게임 시작 전 유명 인사나 연예인, 스타급 선수 가족들이 나와 시구를 한다. 공을 던지는 실력보다는 그의 동작이 관객들을 웃기고 인기가 있다.

자기 팀을 응원하는 관중들의 함성, 화려한 복장 치어리더들의 현란한 춤 솜씨, 게임 중간중간 터지는 홈런과 선수들 묘기….

모두가 흥겹고 즐거운 볼거리다. 가족 단위나 친구들끼리 모여 앉아 치맥(치킨과 맥주) 파티를 하며 함성과 환호로 운동장을 달군다.

우리 프로야구는 경기 외적 요소로 승부를 넘어 일종의 나들이나 오락처럼 소비되는 응원 문화를 만들고 있다. 미국이나 일본에서도 찾아보기 힘든 응원 문화는 젊은 세대들을 대거 야구장으로 끌어들이고 축제의 장으로 만들고 있다.

나팔과 북으로 똑같은 응원가를 부르는 일본, 좋아하는 선수에게만 환호성을 지르는 미국 응원 문화와는 다른 우리 프로야구 문화다.

구단과 선수마다 다 다른 응원가와 구호가 있고 치어리더가 경기 내내 흥을 돋운다.

최근 KIA팀 치어리더들의 응원 춤 '삐끼삐끼 댄스'는 전 세계적인 화제에 오르면서 'K 응원'이 새롭게 부각되고 있다. 미국의 프로야구 역사가 우리보다 길지만 '삐끼삐끼 춤'을 우리에게서 수입해간다는 것이다.

신명과 신바람이 넘치는 우리 응원 문화는 'K팝', 'K푸드' 등과 한국인의 우수성을 세계에 알리는 역할을 하고 있다.

야구장에서 주심의 역할과 권한은 막강하다. 한 게임에서 양 팀을 합해서 300개 안팎의 투구에 대해 스트라이크와 볼을 판정한다.

때로는 스트라이크 존이 애매하게 판정될 수도 있다.

한국 야구위원회는 전 세계 최초로 '자동 볼 판정 시스템(Automatic Ball Strike System)'을 도입하였다.

ABS는 스트라이크-볼 판정을 심판이 아닌 기계가 하는 것이다.

1루와 3루, 외야 중앙에 설치된 3대의 카메라에 타자별 스트라이크 존을 설정한다. 카메라가 투수의 공 궤적을 추적하여 실시간으로 위칫값을 전달한다.

컴퓨터가 스트라이크, 볼 판정을 내리면 주심은 그 결과를 이어폰으로 받아 수신호로 선수들에게 알린다. 야구의 ABS 도입은 우리 사회의 화두가 된 '공정'과도 맞아떨어진다.

프로야구장은 가족, 친구, 직장 동료 등이 함께 오는 경우가 많다. 연고 팀의 승리는 물론이고, 함성 지르고, 노래하고, 춤추고 먹고 마신다. 프로야구는 스포츠를 넘어 '국민 오락'이 되고 있다.

국민을 배신하고 나라를 어지럽게 하는 정치판은 혐오스럽지만, 프로 야구라는 아름다운 세상은 우리에게 커다란 위안이다.

초대글

- · 아메리칸 드림
- · 빛과 그림자
- · 행복의 지혜

이경원 (재미 작가)

- · 청주 대학교 경영학과 졸업
- · 1963-1979 국가 공무원 퇴직
- · 1979 미국 캘리포니아주 이민
- · 1980 미국 MT 전자회사 근무
- · 1984년 미국 워싱턴주 시애틀 이주
- · 한국문인협회 시애틀 지부 회원
- · 민주평통 16기 시애틀 자문위원
- · 현 K&D PROPERTY LLC 소유

아메리칸 드림

빛과 그림자

행복의 지혜

아메리칸 드림

이 글을 쓰기에 앞서 나의 존경하는 고향 친구 이황현 수필가의 새로 출판하는 수필집에 나의 부족한 글을 싣게 되어 고맙고 영광으로 생각합니다.

미국 땅에 이민 와서 살아온 지가 어언 45년이란 세월이 유수처럼 속절없이 흐르는 동안 수없이 많은 이민자의 삶의 애환을 같이 체험하고 보아온 이야기를 제가 경험한 이야기와 함께 써 보려고 합니다. 그동안 나와 만나고 웃고 즐기고 슬픔과 기쁨을 같이 나누던 지인과 친구들이 지금은 거의 저세상으로 떠나버려 세월의 무상함을 쓸쓸히 느끼며 노후를 보내고 있습니다.

40대 나이에 어린 네 애를 데리고 미국 땅에 정착한 우리 내외는 45년이 흘러간 지금 어느덧 나이 80 고개를 훌쩍 넘은 노인이 되었다. 우리는 그동안 열심히 살았고 자식들도 모두 성장하여 미국 사회에서 저들의 가업을 이루고 안정된 삶을 누리고 있다.

지금부터 45년 전 1979년 10월 26일이 내가 미국 이민을 위해 김포공항을 떠나는 날이었다. 그런데 1979년 10월 25일 저녁 청와대 인근 궁정동 안가 대통령을 모신 저녁 만찬에서 김재규의 총탄에 박정희 대통령이 졸지에 서거하셨다.

5·16으로 이 나라의 근대화와 경제 성장을 이룩하신 박정희 대통령이 왜 하필 내가 이민 가는 날 이런 변을 당하실까. 믿을 수 없는 일이었고 전 국민은 경악과 슬픔을 금치 못하였다.

곧바로 전국에 비상계엄이 선포되고 모든 항공기의 이륙이 중단되어 떠날 수가 없게 되었다.

이민 첫날부터 출발이 어긋나면서 내일은 떠날 수 있을까 불길한 예감과 초조함으로 이민의 첫날밤을 김포공항 근처 모텔에서 보냈다.

이날 미국으로 떠나는 내 가족을 위하여 공항까지 따라 나와서 모텔을 잡아주고 도와준 고향 친구 민영복 국제원양사장에 대한 고마운 마음은 지금도 잊지 않고 있다.

다행히 다음날 비행기 이륙이 허가되어 우리 가족은 무사히 한국을 떠나 미국 땅을 밟게 되었다.

내가 미국에 왔을 때는 카터 대통령 시절이었다.

처음 와서 직업이 없이 지낼 때는 몇 개월간 생활 지원금도 신청만 하면 집으로 보내주었다. 나는 이 지원금을 받아 쓰며 취업을 위한 전자기술학원을 몇 달간 다녔다. 그 당시만 해도 미국은 여러 면에서 살기 좋은 나라 같았다. 그러나 45년이 지난 지금은 어떠한

가! 코로나 19 펜데믹이 3년간이나 국민경제를 어렵게 하고 수많은 사람의 목숨을 앗아가고 가족을 잃게 하여 많은 사람의 가슴에 슬프고 깊은 상처를 남겼다. 나의 외사촌 매부도 내과 의사였는데 은퇴하여 여생을 한참 행복하게 지내려 했는데 그만 코로나에 걸려 속수무책으로 안타깝게 세상을 떠났다.

코로나 펜데믹으로 인하여 원자재 공급이 원활하지 못하고 모든 식자재 보급에 큰 차질이 생겼고 이로 인해 모든 물가가 턱없이 오르고 식당의 음식값은 천장을 모르고 뛰어올랐다. 요즈음은 음식값을 계산하면서 18%의 팁을 챙겨가는 옛날에 없던 이상한 풍습이 생겨 눈살을 찌푸리게 만든다. 아무리 봐도 이제는 45년 전 물가가 안정되고 평화롭게 살던 시기는 지나간 것 같다. 미국의 국가 부채가 천문학적 수치로 늘어났다고 한다. 코로나 사태를 거치면서 어쩔 수 없는 일이었다. 그러나 어찌 되었든 노인들의 주거 혜택과 건강 무료복지 혜택은 여전히 잘되고 있으니 다행한 일이다.

지난 10월 말 카터 전 대통령의 100세 생일 소식이 전해지며 피부암으로 고생하는 참담한 얼굴의 카터 전 대통령의 모습을 보았다. 내가 이민 올 때 미국의 대통령이었기에 관심을 가지고 보았다. 그때 갓 이민 와서 뉴스에서 본 그의 첫인상은 단호하고 강인했으며 눈빛은 레이저 광선이 나오는 듯 빛났다고 기억된다. 무언가 남달리 멋있고 잘난 데가 있으니 땅콩농장 주지사가 미국의 대통령까지 되지 않았겠는가!

미국 와서 처음 만난 '카터 대통령님! 세월이 많이 갔네요. 남은 삶 몸조리 잘하시고 평안히 가세요.'라고 인사드리고 싶다.

카터는 재임 시 이란 대사관의 인질 사건을 조기에 해결하지 못하여 결국은 피로감에 지친 국민의 지지를 잃고 재선에 실패하였다. 그러나 퇴임 후 망치를 차고 집 없는 노인들의 집짓기 등 봉사활동에 전념하여 국민의 사랑을 받고 존경을 되찾았다. 당시 레이건은 잘생긴 외모와 뛰어난 언변으로 TV 토론에서 카터를 압도하며 국민의 지지를 받아 카터 다음의 대통령이 되었다.

레이건 대통령은 구 소련과의 냉전 종식을 해결하고 강력한 미국을 만드는 데 큰 역할을 하였으며 미국경제를 더욱 호황으로 이끌어 미국의 훌륭한 대통령의 반열에 우뚝 올라섰다. 그러나 퇴임 직전부터 악성 알츠하이머병 증세가 나타나기 시작하여 퇴임 후 15년이란 세월을 병과 싸우며 시달리다가 사랑하는 아내 낸시 여사를 남겨두고 세상을 떠났다.

1970년대 초기에 미국에서는 이민 문호를 활짝 열고 1975년부터는 이민자 수가 피크를 이루기 시작하여 매년 3만여 명 이상의 한국 사람들이 미국 이민 길에 올랐다. 광화문을 비롯해 종로 을지로 등에 이민 수속을 대행해주는 대서소 사무실이 문전성시를 이루며 호황을 누렸다.

나의 막내 남동생은 우리 가족 중에서 제일 먼저 미국에 이민 와서 용감하게 미국 비즈니스 바다에 먼저 뛰어든 휘스트 펭귄이었다. 언제 저런 용기와 잠재력과 숨은 능력, 사업수완이 있었는지 놀라울 뿐이었다. 일찌감치 경제력을 키워 여봐란듯이 테니스장과 수영장이 있는 커다란 주택을 구입하여 이사하였다. 그 후 동생은 LA로 눈을 돌려 사업체를 새로 개척하고 지금은 은퇴하여 집 트럭을 사서 여행과 골프로 멋있는 노후를 보내고 있다.

남동생이 처음 마켓 비지니스를 시작한 살리나스시의 경찰 통계에 의하면 어느 해는 일 년 내에 9건의 강도 사건이 발생하였다고 한다. 마켓을 하면서 언제 권총 강도의 습격을 받을지 모르는 일이었다. 리커스토어나 마켓이 강도들이 선호하는 공격 대상이다.

젊어서 고생은 사서 한다고 몸을 사리지 않고 열심히 일하였던 형제들은 모두 사업에 성공하였고 운도 따라 주었다. 어떤 동생은 강도 피해를 몇 번 겪었다. 캐시어를 보던 종업원이 금고를 열라고 권총 강도의 총으로 머리를 심하게 구타당해 중상을 입었지만, 다행히 목숨은 건지기도 했다.

이제는 8남매 형제들의 조카들이 성장하여 결혼하면서 대학교수 사위, 안과의사 며느리, 치과의사 사위, 변호사 며느리들이 한 집안 패밀리가 되어 들어 오면서 우리 쪽 형제들의 의사, 변호사, 대학교수, 중초등교 교사 등과 합쳐서 계산서(?)를 내보았더니 다음과 같다.

대학교수 2명, 치과 의사가 5명, 안과 전문의 1명, 안과 검안의 1명, 변호사가 3명, 건축설계사 1명. 초중등 교사 2명, 유명 미술대학을 나온 화가 1명, 등이 각자의 삶을 이루고 열심히 살아가고 있다.

이 모든 것을 정말 겸손한 마음으로 베풀어 주신 신에게 감사드리며 살고 있다.

내가 처음 이민으로 미국 땅을 밟은 곳은 캘리포니아 중부 산호세 시라는 곳으로 미국 내 최대의 전자 산업도시였다. 기후가 쾌청하고 습도가 낮아 전자제품 생산과 사후관리에 아주 좋은 기후라고 한다.

골든 게이트(금문교)로 유명한 샌프란시스코에서 남쪽으로 차로 한 시간 반, 캘리포니아 최대의 도시 LA에서는 6-7 북쪽에 있다.

나는 산호세에 있는 마이크로 테스트라는 전자회사에서 생산되는 제품의 완성도를 체크하는 인스펙터로 취직이 되어 일했다. 이 회사는 우주선 제작에 필요한 부품도 일부 생산 납품한다고 자랑하기도 한다. 아침 출근하면 깨끗한 와이셔츠 차림의 인스펙터 직원들을 모아놓고 그날 해야 할 검사업무 계획을 설명한다.

점심시간은 1시간을 주는데 각자 자유다. 집에서 가져온 샌드위치를 먹기도 하고 차를 타고 가까운 맥도널드나 다른 샌드위치 샵, 기타 홰스트 혼 스토어 같은 데서 간단히 사 먹고 오기도 한다.

지나간 웃기는 이야기지만 이 회사에 이력서를 낼 때 나는 한국에서 한 번도 가 보지도 않은 안양 대한전자회사 수퍼바이저를 했다고 써냈다. 이렇게라도 하지 않으면 그들이 무엇을 보고 나를 부르겠는가! 하는 생각 때문 이었다. 서류 제출 후 일주일쯤 있다가 전화가 왔다. 면접을 보겠다는 것이다. 왠지 모르게 가슴이 뛰고 걱정이 앞섰다. 이들이 필경 나의 이력서를 보고 부른 것 같은데 말이다. 그런데 막상 면접할 때 다행하게 이력에 대해서는 한마디도 묻지 않았다.

사실은 이력서가 중요한 게 아니었다. 채용한 후에 어차피 내가 할 업무를 하나하나 훈련하고 가르친 다음 작업에 들어갈 것이기 때문인 것 같다. 이 회사에서 써먹을 수 있는 자질과 잠재력을 테스트하고 채용하는 것 같았다. 그렇다고 눈으로 사람의 외모만 보고 말 몇 마디 인터뷰하고 나를 채용할 리는 없다.

아니나 다를까 세로 11인치 크기의 종이 4장 분량의 시험지가 주어졌다. 전자 학원에서 배운 기초상식에 대한 문제와 수학 문제였다. 전자 기초상식문제는 취업을 위해 전자학원에서 배운 내용이고 수학도 웬만하면 할 수 있는 쉬운 것이었다. 나의 행운에 감사히 생각했다.

나를 채용한 후 회사에서는 나의 과거 거짓말 경력은 한 번도 물어보지 않았다. 실제로 자기들의 생산 제품을 생산과정에서 검사하는데 회사에서 교육하고 그대로 해주면 되는 일인데 특별히 과거 무슨 일 했던 것이 무슨 필요가 있겠나.

회사 내 분위기도 좋고 일도 그리 어렵지 않고 검사 요령은 가르친 대로 하면 되고 그래서 거의 2년 반이나 회사에 다녔다.

한국에서는 토요일까지 일하다가 여기 와서 주말마다 토요일과 일요일 이틀을 쉬니까 주말에는 1불짜리 영화관에 가서 좋아하는 영화도 실컷 보고 나로서는 여간 좋은 게 아니다.

주말에는 샌프란시스코도 놀러 가고 요세미티 국립공원도 가 보고 LA까지도 가족들을 데리고 놀러 갔다 오기도 했다.

어느 주말에는 애들을 데리고 새벽에 LA로 출발해서 디즈니랜드 구경을 온종일하고 저녁에 오다가 어느 피자집에 들렀다.

맛으로 유명한 프랜차이즈 가게였는데 얼마나 맛이 있었던지 오래오래 잊을 수가 없었다.

전자회사에서 일하는 동안 월남, 필리핀 회사 동료를 사귀어 내가 중국음식점에 데려가 저녁을 사준 일이 있었다. 그 후 그들은 나를 자기네 집으로 초대하여 저들의 음식을 나에게 대접해 주었다. 월남 친구는 아파트에 살았고 필리핀 친구는 자기 집을 가지고 있었다.

월남 남자, 필리핀 남자 모두 자기네가 쿡을 직접 하는 걸 보고 일반적으로 음식은 여자들이 하는 한국과는 좀 다르다고 생각이 되었다. 월남 친구는 살짝 삶은, 내가 못 보던 채소에 오이스터 소스를 곁들이고 해물 요리를 했다. 필리핀 친구는 닭고기 바비큐 요리를 하였다. 얼마나 닭고기 바비큐가 맛이 좋은지 어떻게 하느냐 요리법을 물었더니 그는 하루 전에 양념을 발라 재워놨다 구우면 맛이 좋다고 한다.

자기 나라 고유 음식 얘기가 나왔는데 동양계에서는 개는 다 잡아먹는다고 한다. 그런데 월남에서는 개도 먹지만 원숭이 머릿골을 생으로 먹는데 원숭이를 쇠철망통에 팔다리를 꼼짝 못 하게 묶어 놓고 머리통만 밖으로 나오게 한 후 산채로 날카로운 회칼로 머리 윗부분을 절개하여 떼어낸 후 원숭이의 생골을 그대로 숟갈로 먹는다는 것이다. 이게 바로 몬도가네에 나오는 내용과 같은 게 아닌가 싶다. 그러면서 자기는 원숭이가 불쌍해서 먹을 수 없다고 하며 철망에 묶인 원숭이들이 다음 손님 차례를 기다리며 눈물을 흘리는 걸 보고 너무 불쌍했다고 한다.

회사의 슈퍼바이져는 말리라는 이름을 가진 백인 여자였다. 내가 마켓을 하게 되어 그만둔다고 하니 깜짝 놀라며 서운해하였다. 2년 반이나 한 회사에서 그동안 밥도 같이 먹고 동고동락한 같은 소속 직원 아니었던가. 내가 마지막 떠나는 날은 눈물을 찔끔 흘리며 미국 사람들이 흔히 하는 허그를 해주면서 마지막 헤어짐의 아쉬움을 달랬다.

만남과 헤어짐. 회자정리 이게 우리 인생사 인가보다. 우리는 살아가면서 수없이 많은 사람을 만나고 헤어지고 반복하며 살아가야 하는 존재인 것 같다. 그동안 같이 일하는 동안 부딪칠 일도 없었고 내가 나의 비즈니스를 위해 떠난다는데 어쩌랴.

그녀는 항상 밝은 얼굴로 사람을 대했고 친절한 말투를 썼다. 그동안 좋은 사람을 만난 셈이다.

회사를 마지막 떠나는 날 말리가 카드를 나에게 건네주었다. 카드를 열어보니 회사 동료들이 한마디씩 석별의 정을 담은 글들이 씌어 있었다.

"그동안 고마웠어요. 당신을 잊지 않을게!"

"비지니스를 한다니 정말 축하합니다."
"꼭 성공하기를 빌어요."

그들의 따듯한 마지막 정의 표시였다.

이민 온 후 전자회사에서 2년 반 세월을 보내고 남동생의 후원으로 마켓 비즈니스를 나도 시작하게 되었다. 다른 형제들 보다 늦게 이민을 오기도 했지만 마켓도 늦게 시작하게 되었다. 마켓 이름은 힐턴 상점이었다.

힐턴은 그 마켓의 역사가 얼마나 되는지 모르지만 처음 마켓을 열 때의 주인이 자기 이름을 마켓 이름으로 따다 붙인다. 후에 주인이 바뀌어도 이미 고객들과 친숙한 이름을 바꿀 필요는 없기에 그대로 쓴다.

알고 보니 내가 마켓을 시작한 살리나스라는 인구 15만의 도시는 "분노의 포도", "에덴의 동쪽" 소설을 쓴 노벨상 수상 작가 존 스타인벡이 태어난 고향이었다. 그는 어니스트 헤밍웨이의 뒤를 잇는 미국의 대표적인 작가이다. 그의 생가가 그대로 있고 존 스타인벡의 기념관도 지금은 훌륭하게 지어져 있다.

살리나스를 벗어나 교외로 나가면 에덴의 동쪽에 나오는 광활한 채소 농장이 끝도 없이 펼쳐지고 채소 수확하는 멕시칸 일꾼들의 일하는 모습이 보인다. 해가 정오에서 서쪽으로 기울 무렵 사탕수수를 가득 실은 소형열차가 어디서 나타나 칙칙 소리를 내며 농장 가운데 뚫린 작은 철길을 따라가다가 어디론가 사라지기도 한다.

아름다운 전원의 풍경이다.

이 도시에는 멕시칸 식당이 많이 있다. 처음엔 좀 생소했던 멕시칸 음식 맛이었지만 자주 먹다 보니 차츰 음식 맛을 알게 되고 이 음식이 아주 좋은 건강식이라는 걸 알게 됐다. 아보카도와 옥수숫가루를 밀가루와 섞어 만든 또띠아를 따끈하게 데워 조그맣고 동그란 상자에 뚜껑이 덮혀서 나온다. 맛있게 양념 조리된 소고기. 닭고기와 조개 기타 해산물 요리 맛이 장난이 아니다. 쉬림 텔은 어떤가. 싱싱한 날새우에 토마토 주스를 섞어 살사를 넣고 아보카도와 레몬 조각을 띄워서 얼음을 약간 넣어서 차갑게 먹으면 제맛이 난다.

얼마간 시간이 지나자 나는 에덴의 동쪽 노벨상 수상 작가 존 스타인벡의 고향 이곳 살리나스에 또 정이 들어가는 것 같다. 여기도 기후는 여름에 좀 더운 기간이 있지만 더운 대로 또 즐기고 지낼만하다. 가고 싶으면 LA도 쉽게 가고 샌프란시스코도 가고 요새미티 국립공원도 가 보고 그 유명한 영화배우 클린트 이스트 우드가 시장을 지낸 태평양 바닷가 카멜 시도 가깝고….

한국 말에 정들면 고향이라니 여기도 조금씩 정이 들어가다 보면 또 새로운 고향이 될 수도 있겠지 하고 생각해본다.

서울에서 살 때 이웃에 아들 둘을 데리고 사시는 절친 아줌마가 한 분 있었다. 그 아줌마 남편은 미국이민을 하여서 워싱턴주 시애틀에 살고 있었는데 그 후 아빠가 두 아들을 미국으로 초청하였다.

그 후 세월이 흘러 큰아들은 시애틀에서 칼리지를 졸업하고 작은아들은 고등학교를 졸업하게 되었다. 서울에서 너무나 가깝게 지냈던 정분으로 서로의 연락은 끊지 않고 지금껏 지내오고 있었는데 어느 날 두 애한테서 연락이 왔다.

만나본 지도 너무 오래되고 자기네도 앞으로 장사를 해볼까 해서 아저씨한테 어떻게 비지니스를 운영하는지 직접 와서 좀 배우고 가겠다는 것이다, 그들은 어려서부터 나를 아저씨라고 부른다. 사실 나는 그들의 이웃집 아저씨였으니까….

며칠 후 그 들이 시애틀에서 살리나스까지 오다가 모텔에서 이틀 밤을 자고 20여 시간을 운전하여 내가 사는 곳 살리나스까지 왔다. 서울에서 부산까지 6시간이면 가는데 미국 땅이 정말 크기는 하다…. 그들이 이민 갈 때는 중학교 학생이었는데 소년의 모습은 어디 가고 어른스럽고 장성한 청년들이 되었다.

두 형제는 좀 쉬었다가 며칠 후부터 상점 일을 배우기 시작했다. 도매상에 데려가 직접 물건을 구입하기도 하고, 서류나 전화로

물건 명령하는 법, 사 오거나 배달로 물건이 오면 포장 상자를 뜯어서 개별원가를 계산하는 법, 몇 퍼센트의 마진(이윤)을 붙일 것인가를 결정하고 판매가를 결정한 다음 물건 하나하나에 가격 마커로 가격을 붙이는 법, 계산대에서 직접 손님을 맞아 물건을 파는 법을 가르쳐 주었다.

실제로 그들은 그 후에 돈이 많은 일본 외할아버지가 돈을 대주어 시애틀의 인접 도시 벨뷰에서 비지니스를 시작하였다.

지금도 서로 연락을 하며 살고 있는데 큰 애는 그동안 돈을 벌어 건물주가 되어 임대료를 받아 가며 살고 있다고 한다.

얼마 전 전화를 하게 되었는데 그의 목소리가 귓전을 울렸다.

"아저씨 저도 벌써 환갑이에요…."

나는 그의 영원한 아저씨였다.

그런데 시애틀에 사는 두 형제는 한 달간 우리 집에 머물러 있으면서 줄곧 자기네 사는 시애틀에 관한 이야기를 우리 가족들에게 하고 갔다.

"시애틀은 겨울에도 춥지 않아서 너무 좋아요."

"시애틀은 수돗물이 산에서 흘러내린 호숫물이라 그대로 마셔도 좋아요."

"바닷가에 조개와 물고기가 너무 많아서 실컷 잡아먹어요."

"산에 가면 고사리와 버섯이 엄청 많다."

"대학도 100년 역사가 넘는 유명한 유니버씨디 워싱턴 주립대학이 있다."

또. 칼리지도 많고 또. 세계적인 부자 빌게이츠가 살고 있고…보잉 비행기 회사가 있고……. 등등

그들은 우리 집에 한 달을 지내면서 시애틀 자랑만 내내 하다가 시애틀로 되돌아갔다.

큰 딸애가 그해 가을에 고등학교를 마치고 대학을 들어가게 되었다.

현재 내가 마켓을 하는 타운은 대학이 없어 어차피 다른 큰 도시로 나가야 하는데 아무래도 시애틀이 그렇게 좋다 하니 시애틀에 있는 대학으로 가는 게 좋겠다는 것이다. 우리 가정에 시애틀 바람

이 거세게 불기 시작한 것이다.

큰딸은 물론 아내까지 시애틀 바람이 불어 마음들이 들썩거리고 있었다. 아내와 딸은 시애틀 가자고 하지만 세상사가 어디 그렇게 쉬운가…. 시애틀 가면 시쳇말로 소는 누가 키우냐고? 모든 문제는 가장인 내가 책임지고 헤쳐나가야 할 텐데 내 어깨만 무거워지는 게 아닌가….

이제는 올 것이 오고 말았다. 얼마 후 시애틀 애들한테서 연락이 왔다. 이곳에 한국 사람이 하던 동양식품 가게가 판다고 나왔는데 아저씨가 사서 하시면 잘하실 것이라고 한다.

아내와 큰딸이 전방 수색대원의 임무를 띠고 한 번도 가 보지 않은 미국 서부 남북 고속도로 1-5를 타고 시애틀로 떠났다.

이번에 매물로 나온 마켓을 직접보고 시애틀 구경도 하고 나서 이사를 결정해야 하기 때문이다.

시애틀까지 가는 고속도로는 캘리포니아주 북부의 산악지대와 오레곤주의 산악지대를 지나야 하는 험준한 고속도로였기에 나는 무엇보다 천천히 가고 안전운전 만을 당부하였다.

며칠이 지난 후 무사히 도착했다는 소식과 우리가 살려고 하는 가게에 대한 정보도 들었다. 주인은 그동안 돈을 벌어 좋은 집도 사고 건물도 자기 것이라고 한다. 할 만큼 했기에 건물 포함해서 팔고 은퇴하려고 하는데 덩치가 커서 그동안 마땅한 작자가 없었다는 것이다.

나는 시애틀을 떠나며 이민 오면서 바로 산 산호세 집을 매각하고 남은 돈과 그동안 가진 돈 모두를 털어 넣다 보니 갑자기 집이 없는 신세가 되었다. 사업은 항상 모험이 따르고 리스크 없이 성공하기도 쉽지 않다.

우리 애들은 그동안 산호세 내 집에서 불편 없이 살았고 살리나스에 이사 가서도 넓은 집을 통째로 세를 얻어 옹색하게 살지는 않았다. 그런데 이게 웬일인가 덩치가 큰 시장건물에 가진 돈을 몽땅 올인하고 보니 집 살 돈은 따로 없었다.

마켓에서 가까운 곳에 투베드룸 아파트를 얻어 이사하고 우리 내외가 방 한 칸을 쓰고 딸 둘에서 다른 방 한 칸, 그다음 두 아들은 방도 없이 졸지에 좁은 리빙룸에서 자야만 했다. 명색이 건물주 사장이지만 집이 없어 옹색하게 좁은 공간에서 버둥대며 이렇게 산다는 것을 누가 알기나 하랴?

일단 내가 인수하고 나서 "동양식품공사"라는 커다란 팻말 간판이 정면에 붙은 사업체는 계속 장사는 잘되고 있었다. 그런데 나는 캘리포니아에서 미국 마켓을 2년간 경험한 사람이 아닌가…. 만일 내가 미국 마켓 경험이 없으면 돈 버는 맛만 생각하고 지금의 동양식품공사 비지니스를 더 오래 했을지도 모른다.

나는 지금 내 앞에 벌어진 바둑판을 한번 엎어 버리고 새로 판을 짜야겠다고 방법을 모색했다. 지금 하는 비지니스와 건물을 몽땅 팔아서 새로운 사업체를 구입하고 넓은 집도 다시 사서 웰 리빙을 하자는 것이다.

나는 그동안 사업체 광고 문제로 몇 번 만나 보았던 한국일보 시애틀 지사의 조병우 사장을 찾아갔다.

개인 사정으로 내가 하는 동양식품을 팔아야겠다고 설명하고 매매 광고를 부탁하였다. 광고비는 얼마라도 좋으니 좀 크게 잘 내달라고 하였다.

조사장은 나와 동갑내기라고 한다. 나와 같은 성당에 다니며 그 후 친구가 되어 정기적인 식사 모임의 멤버가 되기도 했다.

그 당시는 인터넷도 일반화되지 않았고 요즘같이 무료로 뿌리는 주간지도 없을 때였다. 한국일보의 신문광고의 효과는 대단하였다.

놀라운 일은 시애틀에서 남쪽 40분 거리에 있는 타코마에서 한국 마켓으로 크게 성공한 한부남 사장이 찾아와 나의 상점을 사서 자기네 회사 시애틀 지점으로 하고 싶다는 것이다. 여러 가지 여건으로 거래는 성사되지 않았지만, 그 후 나는 가끔 그의 사업체를 찾아가 서로 많은 얘기를 나누었다. 그는 정말 보통 사람이 아니었다. 매일같이 새벽 4시에 일어나 두부를 자기가 직접 만들고 콩나물 물을 주면서 사업을 키워 자수성가한 인물이다.

나는 마켓을 산 가격에 손해 보지 않고 구매자가 나타나 단 6개월 만에 사업체를 정리하고 새판을 짤 수 있게 되었다.

타이틀 컴퍼니에서 매매 수속 싸인이 끝난 후 휴식을 위하여 한국여행을 떠났다. 포항에서 배를 타고 울릉도에 가서 며칠을 쉬면서 배를 타고 울릉도를 한 바퀴 도는 선박투어도 해보고, 아침 일찍 일어나 해돋이를 맞이하며 바닷가 둘레길을 실컷 걸어보기도 했다.

내가 한국여행을 하는 동안 우리가 새로운 사업체를 찾고 있다고 부탁한 부동산 중개인이 아내를 데리고 무려 세 군데의 사업체를 보여주었단다. 그런데 그중 두 군데는 모두 장사도 잘되고 번화가에 있지만, 건물을 사지 않고 내가 매월 월세를 내야 하므로 10년을 노력해도 내 건물이 안 되는 것이었다.

월세도 아주 비싼 편이었다.

미국으로 돌아온 후 부동산 중개인이 나를 데리고 그 세 군데를 다시 한번 보여주었다. 건물을 사지 않고 세를 내야 하는 두 군데는 구매를 포기하고 건물까지 파는 가게를 사겠다고 나섰다. 내가 다운 페이를 하고 나머지 잔액은 10년 상환으로 매월 갚아 나가기로 했다. 그 당시 미국 남자 주인의 나이는 55세이고 사정을 들어보니 부인이 유방암에 걸려 죽게 되었단다. 내가 이 마켓을 운영한 지 1년쯤 뒤에 그의 부인은 끝내 유방암을 이겨내지 못하고 하늘나라로 떠났다.

나의 계획대로 마켓을 사고 나서 집을 사려고 남긴 돈으로 바닷가 좋은 동네에 새로 집을 사서 이사하였다. 그동안 좁은 아파트에서 고생했던 가족들은 다시금 활짝 웃으며 샴페인을 터트렸다.

재산 증식이란 겪어보니 눈사람을 만들 때 처음에는 주먹 크기로 굴리다가 차츰차츰 커지다가 커다란 눈사람이 되는 것과 비슷하다.

이제 마켓 건물의 빚을 다 갚고 완전히 내 소유의 건물이 되었으니 어느 정도 커진 눈사람이 만들어진 셈이다. 한 송이 국화꽃을 피우기 위하여 봄부터 소쩍새는 그렇게 울었나 보다. 서정주 시인의 시구절 하나가 생각난다. 나는 뻐꾸기가 되어 지난 10년간 인고의 세월을 보낸 것이다. 그동안 나는 심신이 너무 지쳐있었다. 이제는 좀 쉬고 싶었다.

왜냐하면, 이번에 산 마켓을 10년간 운영하면서 건물주에 갚을 돈을 다 갚고 나니 나도 모르게 긴장감이 풀어지며 마라톤 전 구간을 뛴 선수가 코스를 완주하고 운동장에 벌렁 누워 휴식을 취하고 싶은 그런 심리 같았다. 그러나 세상사가 어디 뜻대로 되던가?

나는 쉬고 놀 팔자가 못되었다.

어느 날 평소 잘 알고 지내던 부동산업자 L 씨가 나를 찾아왔다.

"사장님 좋은 모텔 하나가 싸게 나왔는데 사장님이 하시면 잘 하실겁니다."

수완 좋기로 소문난 부동산업자는 그 후 이른 시일 안에 나의 마켓 빌딩을 산 가격의 세배를 받고 팔아 주었다. 그리고 모텔 사는데 모자라는 자금은 자기가 아는 은행에 절차를 밟아 융자 절차를 해 주었다. 세상사가 안 되려면 뒤로 자빠져도 앞코가 깨지고 잘 되려면 아무렇게 자빠져도 떡판에 자빠진다 했는데 나는 떡판에 자빠진 게 아니면 무엇이란 말인가! 미국에 이민 온 지 딱 15년, 시애틀에 온 지 10년 만에 워싱턴주 중북부 교통량이 많은 20번 하이웨이에 위치한 룸 48개가 있는 모텔의 주인이 되었다.

인생은 유전이다.

빛과 그림자

　작년 초여름 시애틀 북쪽의 외곽도시 스노호미시 강 하구에 위치한 배 농장을 운영하는 아우한테서 전화 연락이 왔다. 한번 만나서 할 얘기가 있다고…. 나는 그날 바로 시간을 내어 아우가 일하고 있는 배나무 농장으로 찾아갔다. 내 집에서 차로 40 여분 거리였다.

　잠깐 소개하면 그는 40년 전에 이곳 시애틀에 왔을 때 우연히 알게 되어 통성명하고 보니 동성동본에 항렬도 같아서 나이가 많은 내가 그날부터 형님이 되고 그는 아우가 되었다. 내가 알기로 그는 세탁소, 채소가게, 시골 마을에 있는 편의점 등을 해보았지만 별로 재미를 보지 못하였다.

　나는 시애틀에 와서 처음 했던 비지니스를 이게 아니다 싶어 일년 내에 처분하고 새로 다른 마켓을 사서 10년이 되도록 안정된 상태에서 꾸준히 한 우물을 파고 있었는데 아우님은 여러 차례 여기저기 비즈니스를 바꿔가며 힘들게 살아왔다.

그 후 시애틀로 돌아와 테리야끼 전문 식당을 싸게 인수하여 시작하였는데. 음식 솜씨가 좋은 두 내외는 많은 손님을 끌어들여 비지니스를 성공하게 하고 여기서 돈을 벌게 되었다.

테리야키 식당이 장사가 잘되다 보니 사겠다는 사람이 나서서 돈을 남겨 비싸게 팔고 그 돈으로 내가 사는 지역으로 와서 라운드리 세탁소를 구입하고 은퇴하는 미국 노인의 넓은 배 농장도 싸게 사들여 하루아침에 과수원의 농장주가 되었다. 축구로 말하면 전반전에 두 골을 먹고 내내 고전하다가 후반에 세 골을 넣어 경기에서 이긴 형국이다.

그동안 뒷바라지했던 딸은 공부를 잘하여 대학원과 박사과정을 마치고 대학교수가 되어 캘리포니아에 살고 있다. 여름방학이 되면 시애틀에 와서 부모와 함께 시간을 보내다 돌아가기도 한다. 아들은 게임 제작 컴퓨터 일본회사에 취직이 되어 시애틀 지점 임원으로 고수익을 받고 잘살고 있다.

그의 농장에는 제법 큰직한 창고도 있고 사무실 겸 거처할 수 있는 방, 화장실이 갖추어진 조그만 집도 있다. 농장 끝자락을 끼고 강폭이 그다지 넓지는 않지만 스노호 미시강이 검푸른 색을 띠고 조용히 흘러 푸젯사운드 만으로 흘러 바닷물과 합쳐진다. 강뚝에는 불랙베리 나무가 뒤엉켜 여름 내내 따 먹을 수 있고 줄지어 선 배나무 숲과 강물에 정박한 선박과 조화를 이루며 풍경화의 한 장면을 연출 하기도 한다.

나는 가끔 농장에 방문할 때는 씩스팩 맥주와 콘칩이나 감자칩을 사서 가서 같이 먹으며 아우님과 이야기를 나누곤 했었나. 그날도 사서 간 캔 맥주를 따서 마시며 물었다.

"오늘 무슨 얘기를 하려고?"

"아이구 형님!"

"며칠 전에 건강검진을 하여 위내시경을 보았는데 제가 위암이 래요."

나는 머리가 갑자기 혼란스러웠다. 그의 친동생도 오래전에 위암으로 고생하다 죽었는데 말이다.

"아니 그래 발견된 위암은 크기가 얼마나 되는데…?"

"삼 센티가 된다고 하네요."

"삼 센티미터면 벌써 많이 커졌다는 얘기 아냐?"

"그럼 그동안 무슨 위암 증상은 있었나?"

"아뇨. 전혀 몰랐어요."

나는 그에게 너무 놀라거나 낙심하지 말고 위암은 이제는 수술 기술도 발달하여 치료가 잘되는 거로 알고 있으니… 마음 단단히 먹고 치료 잘 받으라고 격려하는 수밖에 없었다.

그런데 그동안 그는 음식을 먹고 소화가 안 되거나 술도 먹고 아무런 이상증세는 별로 느끼지 못했다고 것이다.

시애틀에 위암 수술도 하고 치료할 수 있는 대형병원이 대여섯 군데 있는데 내가 차별화하여 말할 수 있는 상황은 아니지만 유답 (주립대학) 병원이 훌륭한 의과대학으로 의대 교수도 의료진에 많고 사람들이 많이 선호하는 편이었다. 예약하려면 한 달 이상 심지어 몇 달까지도 기다려야 할 정도라고도 한다. 듣기에 그의 아들과 딸이 유답 병원에 끈질기게 직접 전화 교섭을 하여 아우님은 제일 좋다는 유답 병원에서 치료를 받게 되었다.

많은 사람이 유답 병원을 선호하는 경향이 있으므로 사실 유답 병원치료를 받기가 힘들다는 건 공공연히 알려진 사실이다.

일단 이름있는 대학병원, 실력 있는 의료진을 만나서 치료를 받게 되었다는 것만도 일단은 좋은 행운이라고 생각하였다.

수술하기 전에 그는 세 차례의 항암치료(키모)를 받았는데 첫 번째 항암치료 떼는 그런대로 견딜 만하였다고 한다. 기본 체력이 있었기에 그런 것 같다고 한다. 그런데 두 번째, 세 번째 항암치료를 받을 때는 머리가 다 빠지고 기진맥진 죽을 것 같았다고 한다.

그래도 어쩌랴… 세 번의 항암 약물 투여가 끝나고 수술 날짜가 드디어 잡혔다. 그의 앞에는 두 가지 길이 앞에 열려 있었다. 인생을 살면서 두 가지 길을 만나면 그중에 하나를 선택해서 가야만 한다. 그것은 삶의 필연이며 숙명일는지 모른다.

수술을 받지 않고 먹고 싶은 것, 맛있는 것, 마시고 싶은 것 마셔 가며 암이 죽음의 끝자락에 올 때까지 즐겁게 살다 죽는 길이 하나 있고 다른 하나는 수술을 받고 병을 완치하여 여생을 행복하게 오래 사는 방법이 있다. 그러나 어디까지나 이것은 수술이 성공하였을 때의 이야기다. 그러니까 두 번째 길은 한 번도 가 보지 않은 길이고 리스크가 많은 위험한 길임은 틀림없다.

한국에서 명강의로 이름을 날리는 황창연 신부나. KBS 아침마당에 출연했던 송수식 박사도 위암 수술을 하였는데 두 사람 모두 완쾌되어 성공한 사례가 된다.

나는 아우가 위암 수술을 하여야 하는지 말아야 하는지… 내 나름대로 걱정하며 고민하였다. 여러 친구의 회식 자리에서 공개하고 의견을 수렴해 보았다.

"당신은 어느 날 갑자기 당신의 위에 삼 센티미터 위암이 발견되었을 때 수술을 하겠습니까? 수술을 안 하시겠습니까?"라고 물어보았다.

그들은 모두 3㎝ 암이면 수술하겠노라고 대답하였다. 정답은 수술하는 것이 맞는 답으로 나온 셈이다.

내가 걱정했던 것은 그가 74세의 고령이기에 떼어낸 위의 접착과 기능회복이 잘 될 것인지가 문제가 될 것으로 생각하였다. 노인들의 골절은 뼈에서 나오는 진액이 말라서 잘 붙지 않는다는 말도 있다.

암이 있는 위장 부위를 잘라내고 남은 위장을 꿰맸을 때의 접착과 기능이 문제가 될 것 같아 나름대로 걱정을 많이 하였다.

드디어 작년 10월 3일 수술이 끝나고 수술 의사는 수술은 무사히 잘 끝났다고 하였다.

뇌출혈이 되어 수술을 받고 회복이 안 되었어도 의사들은 수술은 잘 끝났다고 말들을 한다. 나의 우려는 안타깝게 현실로 다가왔다. 수술 후 한동안 시간이 지났음에도 구강으로 음식을 먹지 못하는 상황이 되었다. 참으로 안타까운 일이었다. 위에 구멍을 뚫고 호스를 끼워 넣고 인슈어나 죽 같은 음식을 넣어가며 생지옥 같은 투병 생활을 해야만 했다.

왜 입으로는 음식을 못 먹냐고 물었더니 잘라낸 위가 전혀 음식을 받아드리지 않아서 먹기만 하면 그대로 토하기 때문에 먹을 수가 없다고 한다. 참으로 안타까운 일이다.

그는 건강이 회복되지 않고 점점 더 몸의 근육은 줄어들고 하루하루 건강이 나빠지며 오늘에 이르고 있다. 그의 건강이 점차 악화하고 있다는 소식은 부인을 통하여 전해 듣고 있었다.

그가 얼마나 더 버티다 죽을지 기적같이 회복되어 살아날지 그건 모르는 일이기는 하다. 그러나 그가 이민 온 후 피나는 노력으로 아들딸 잘 뒷바라지하여 딸을 대학 교수로 아들도 수익 좋은 일본계 회사에서 일하며 잘살고 있다.

전원생활을 꿈꾸었던 그가 꿈을 가졌던 농장주도 되었고 자손들도 잘되고 이제 살만하게 되어 그동안 못했던 해외여행도 하고 보람 있는 여생을 보내려 했는데 안타까울 뿐이다.

우리는 운명이라는 말을 자주 쓴다. 인생을 살아가면서 우리 인간을 포함한 모든 것을 지배하는 초 인간적인 힘이나 그것에 의하여 이미 정하여진 목숨이나 처지를 타고난 운명이라고 말한다.

또 운명이라는 말과 함께 타고난 숙명이란 말도 많이 쓴다. 숙명은 날 때부터 타고난 정해진 운명이니 피할 수 없는 운명을 말한다.

말하기를 운명은 자기의 노력으로 개척할 수도 있지만, 숙명은 피할 수 없는 운명을 말한다.

가난한 집의 운명으로 태어났어도 자기의 노력으로 가난을 극복하고 벗어날 수 있다고 한다. 일반적으로 숙명은 변화 불가능한 것으로 인식하고 있다. 아우님의 현재의 어려운 상황을 운명이나 숙명으로 받아들이기에는 본인의 심경이 얼마나 참담할지 생각하면 너무나 안타까울 뿐이다.

지난 코로나 펜데믹 사태 때 2년 차에 나도 코로나에 걸렸었다. 주위에 동갑네가 몇 사람 죽었다. 나는 어떻게 힘들게 이겨내긴 했는데 기력이 달린 상태에서 두 달 후 이상한 후유증이 나타나 이머젠시(응급실)에 세 번이나 가면서 몸이 점점 힘이 빠지고 복통이 24시간 지속하여 각종 검사를 해봐도 의사도 원인을 잘 모르겠다는 것이었다. 절망에 빠진 나는 아내와 자식들을 불러 모으고 묘지 사 놓은 증서를 내주고 장례식을 어떻게 해달라고 부탁까지 한 일이 있었다. 이런 절망적인 상태가 되면 죽음을 어떻게 받아들여야 하는가에 대한 자신과 싸움을 하고 이겨내야 한다.

그 후 꺼진 촛불이 살아나듯 기적같이 그렇게 아프던 복통이 나도 모르게 서서히 가라앉고 밥도 먹기 시작하면서 죽지 않고 살아났다. 살아나고 나서 지인 친구들은 나보고 죽다 살아났으니 이제 장수할 그것이라고 덕담들을 해주었다. 내가 코로나를 앓고 후유증을 앓고 있을 그 무렵 한국에서는 송해 선생과 김동길 교수가 코로나에 걸려 후유증을 이겨내지 못하고 아깝게 타계하셨다고 뉴스를 들었다.

나의 동성동본 종친 아우님이 위암 수술을 받은 이후 건강회복이 잘 안 되고 있다는 소식은 부인을 통하여 가끔 들으면서도 한동안 그

를 찾아가 보지 못하였다. 나도 중병을 앓아보았지만, 몸이 아플 때
는 아무도 사람을 만나고 싶지 않았다. 내가 몸이 괴로우니 누구라
도 만나고 싶지 않은 마음이 일반적인 환자의 심정이라고 생각한다.

수술 후 1년이 되도록 구강으로 식사를 못 하고 가느다란 호스를
위에 끼워 넣고 호스를 통해서 우유나 여러 종류의 죽 같은 음식을
넣거나 '인슈어'라는 시중에서 파는 영양음료를 넣어가며 하루하루
연명을 하고 있다 하니 듣기만 해도 딱하기 짝이 없는 노릇이었다.

며칠 전 때르릉 전화가 와서 핸드폰을 열어보니 그 아우님이었다.

정말 오랜만에 그간 좀 병세가 호전되었는지…! 아니면 더 악화
하였는지…!

무척 궁금하던 판이었다.

전화를 받으니 옛날의 그 목소리 억양과 크기도 똑같고 목소리만
으로는 환자인지 아닌지 구분할 수 없을 정도였다.

"형니임! 지금 저어 프로비덴스 병원에 입원하고 있어요. 형님 한
번 뵙고 싶은데 시간 있으세요. 호실은 909번입니다."

그 병원은 현대식 건물로 새로 지어 입원실이 9층에 있었다.

나는 그가 이제 몸이 쇠약할 대로 쇠약해져서 입원하지 않았나
직감으로 느껴졌다.

바로 차를 몰고 그 병원을 찾아갔다. 대부분은 가족 한 분이 환자
의 옆에 붙어 있는 게 보통인데 가족은 아무도 없었다. 대학교수인
딸은 캘리포니아에 있으니 그렇고 아들도 지금 바쁘게 직장일 할

테고 부인은 마침 집에 일 보러 갔다고 한다.

의사와 간호사가 잠깐 다녀간 후 모처럼 동성동본 종친 형제 두 사람이 만나 서로 여러 가지 진지한 인생 이야기를 나누게 되었다.

그는 2차 세계대전 때 독일의 아우슈비츠 강제수용소 가스 사령실 앞에서 사형을 기다리며 서 있는 유태인 할아버지의 뼈만 남은 앙상하고 처참한 모습 그대로였다.

그 아우님이 배 농장에서 트랙터를 몰고 자유자재로 운전하면서 활짝 웃던, 건강했던 그 모습은 흔적도 없이 사라졌었다.

우리는 자연스레 그에게 닥쳐오는 죽음에 관한 이야기를 나눌 수밖에 없었다. 사람은 태어나서 누구나 죽는다는 사실을 인정하고 인명은 하늘의 뜻이요 죽는 것도 그 사람의 운명이고 숙명이다. 그리고 어떤 사람은 청년 시절에 병이 들어 일찍 갔고 또 어떤 사람은 황당한 사고로 50도 못 살고 죽는 사람도 있다. 70이 훌쩍 넘도록 이렇게 살게 해 주신 것도 한편 생각해 보면 하느님께 감사한 일이 아니겠냐고….

살아있는 동안이라도 아우님이 죽음의 공포에서 벗어나 평온한 마음으로 투병 생활을 유지할 수 있도록 도움이 되는 말을 해 주고 싶었다.

"저도 이제 각오(죽음)하고 있어요."

그가 힘없이 고개를 떨구고 말했다. 나는 그의 어깨를 토닥이려고 손을 어깨에 얹었다. 근육이 다 빠져버린 어깨는 딱딱한 앙상한 뼈만 손에 잡혔다. 이걸 어쩌나 이 정도면 다시 회복되기는 어렵겠

구나 생각이 되었다.

그는 자신의 힘으로 일어나지도 못하고 걸을 힘도 상실한 상태였다. 앞으로 얼마나 더 살아 숨 쉴 수 있을지는 나는 알 수 없지만, 회복의 기미가 보이지 않고 생명의 촛불이 차츰차츰 꺼져가고 있는 것은 사실인 것 같다.

많은 이야기를 그와 나누고 병원을 나와 집으로 오는 차 속에서 앞으로 아우님이 구강을 통해서 음식을 섭취할 수 있고 기력이 회복되어 회생할 수 있는 기적이 일어나기를 신에게 기도하였다.

집으로 오는 길은 시애틀의 11월 축축한 가을 저녁 비가 차창을 적시고 길가엔 나뭇잎들이 떨어져 물에 젖기도 하고 질서 없이 나뒹굴고 있었다.

만남과 헤어짐, 정을 주고 정을 받고 이러다가 헤어지고, 나도 모르게 그와 형제처럼 친구처럼 오가며 지낸 40년 세월 속의 추억들이 떠오르며 뜨거운 눈물이 주르륵 흘러내렸다.

40대 우리 처음 만났을 때는 아우는 30대 나는 40대…. 우린 한참 젊었었는데….

오늘 그와 나눈 이야기 가운데 이런 이야기도 있었다.

"차라리 수술하지 말고 먹고 싶은 것 마음대로 실컷 먹고 술도 마시고 싶은 대로 마시고 가 보고 싶은데 여행도 좀 다니고 그렇게 살다가 죽었으면 더 좋았을걸!"

그러나 이제는 모두 지나간 버스요. 실천할 수 없는 꿈이었다. 이 집트의 미이라가 되어 걷지도 못하는 그가 어떻게 무엇을 먹고 무슨 여행을 다닐 수 있단 말인가! 죽은 자식 X알을 천 번 만진들 무엇 하겠는가?

　어쨌든 위암 발견하기 전에는 밥도 잘 먹고 술도 잘 마시고 아무런 증상도 느끼지 못했다고 하니 더 안타까울 뿐이다. 그러던 그가 이제 서서히 어두운 그림자 속으로 사라져 가고 있다.

　'가지 않은 길'로 유명한 미국의 유명한 근대 시인 '로버트 프로스트'는 말했다.

　　　인생은 선택의 연속이라고...
　　　오늘의 작은 선택이 훗날 당신의 인생을
　　　달라지게 만든다고...

행복의 지혜

독일의 시인 칼 붓세는 "산 너머 저쪽"이라는 명시를 남기고 오래 전에 세상을 떠났다. 이 유명한 시는 세계 각국에 번역되어 한국에 서도 감성이 많은 젊은이가 애송하고 좋아했던 시다.

"산 너머 저쪽 하늘 저 멀리
행복이 있다고 말들 하기에
아 나도 남들 따라
행복을 찾아갔다가
눈물만 머금고 돌아왔네
산 너머 저쪽 하늘 저 멀리
행복이 있다고 사람들은
또 말들을 하네."

정든 고국을 떠나 새로운 삶의

터전을 찾아 낯설고 물선 이국땅에

살면서 오늘도 많은 이민자는 성공과 실태, 좌절을 맛보고 살면서도 칼 붓셀의 시 구절처럼, 저 산 너머에 있다는 행복을 추구하며 오늘도 살고 있다.

우리가 모두 추구하는 행복이 싫다고 뿌리치는 사람이 어디 있으랴.

우리가 추구하는 행복이란 무엇인가? 사전에서 의미를 찾는다면 자기의 생활에 만족하여 즐겁고 흐뭇하게 느끼는 감정이나 상태라고 정의하고 있다. 이것은 자신의 느끼는 감정이 즐겁고 만족스럽고 더할 나위 없는 축복을 느끼는 마음의 상태를 행복이라고 말할 수 있다.

어떤 기관에서 "당신은 언제 행복을 느끼셨습니까?" 하고 설문 조사를 했더니 대답은 소소한 일상에서 나라 걱정까지 천태만상으로 나왔다고 한다.

지금까지 행복을 한마디로 정의하기 위하여 시도는 계속되고 있으나 단편적인 어떤 하나로 정의될 수는 없었다.

행복은 수많은 거품의 물방울처럼 다양하고 사람에 따라 모두 그 사람이 느끼는 양과 색깔이 다르기 때문이다.

어느 학자는 정의하기를 "행복이란 잡으려고 하면 날아가는 나비와 같다. 하지만 가만히 앉아 쉬고 있을 때 날아와 앉기도 한다."

라고 한다. 흔히들 말하기를 "돈하고 개는 쫓아가면 도망간다."라는 말이 있다.

이 말은 우리가 추구하는 행복이란 것도 우리가 돈을 벌고 싶다고 생각대로 돈을 벌 수 없듯이 자기가 행복해지고 싶다고 행복도 결코 쉽게 내 손안에 찾아오지는 않는다는 경계의 뜻으로 해석된다.

B 씨는 캘리포니아 S 씨에서 조그만 중국식당을 운영 하고 있었는데 작은 공간의 식당이지만 매일 같이 손님들이 북적이고 장사가 제법 잘 되고 있었다. 그런데 B 씨는 돈을 더 벌고 싶은 마음이 생겼다. 빚을 얻어 옆 가게 한 칸을 더 얻어 식당 확장 공사를 하였다.

그러나 식당 규모를 늘렸으나 매상은 그에 따라 많이 늘어나지 않고 배로 늘어난 대여비와 종업원 인건비 리모델링 경비로 얻은 빚을 감당하기가 너무 벅찬 나머지 결국 문을 닫고 말았다.

빚을 얻어서 식당을 늘리는 것을 반대했던 부인과는 심하게 다투고 이혼까지 하게 되어 이 소식을 들은 많은 사람을 안타깝게 하였다.

명심보감에서도 욕심을 줄이라고 하였다. B 씨는 자기의 능력으로 감당할 수 있는 한계를 넘어 버린 것이다.

사람들은 행복해지기 위해 더 많은 돈, 권력, 성공과 명예, 건강, 남보다 잘난 외모, 훌륭한 학벌 등이 필요하다고 생각한다.

그러나 진정한 행복은 물질이나 외형상의 화려함에 있는 것은 아니다.

사람 개개인의 마음 상태에서 진정한 행복을 찾을 수 있는 것이다.

히말라야의 작은 불교 나라 부탄이 한때 유엔의 행복 보고서에서 세계에서 가장 행복한 나라로 선정된 일이 있었다. 어떻게 이런 작고 가난한 나라가 세계에서 가장 행복을 누리고 사는 국민이 될 수 있었을까!

부탄 사람들은 잘사는 선진국들의 물질적 풍요에 대해서는 신경 쓰지 않고 가난해도 자기 가진 것에 감사하고 만족해하는 데서 행복감을 느끼며 살아온 것이다.

행복은 한편 영원히 지속할 수 없는 한계가 있다. 2011년에도 세계에서 가장 행복한 나라로 꼽힌 히말라야의 작은 나라 부탄은 8년 뒤에 2019년 조사에서는 행복지수가 95위로 급락하였다.

그 이유는 그 후 인터넷과 SNS 등이 보급되면서 부탄 국민은 자국의 빈곤함을 알게 되었고 자신들의 초라한 삶이 보이면서 상대적 박탈감을 느끼기 시작하면서 그들의 행복감이 급락한 것이다.

다른 사람과의 비교는 불행의 시작이라고도 한다. 애써 만든 우리들의 행복을 쓸데없는 다른 사람들과의 비교로 인하여 손쉽게 휴짓조각처럼 만들어서는 안 된다.

가장 절실하게 원했던 일을 성취했을 때 얼마 동안은 성취감에 취해 행복감을 느끼지만, 점차 시간이 흐르면서 흥미를 잃어 가고 또 다른 욕구를 찾게 된다.

결국, 만족이란 일시적이라고 봐야 한다.

첫아기를 낳았을 때 그 기뻤던 행복이 아이를 키우면서 애가 병이 나거나 나중에 교육비를 대줄 돈이 모자라 어려움을 겪을 때는 불행을 느끼게 된다.

시간과 환경에 따라 행복도 변하게 마련이다.

어느 거지 아버지와 아들이 휘영청 달이 밝은 밤 다리 밑 움막집에서 대화를 나눈다.

- 아버지: 아들아!
- 아들 : 예
- 아버지: 너는 저쪽 창문에 불빛이 반짝이는 아파트를 보고 무슨 생각을 하냐?
- 아들: 아이고 우리는 언제 한번 저런 아파트를 한 번 살아 볼 수 있나 싶네요.
- 아버지 : 이놈아 그런 쓸데없는 생각은 왜 하냐 ? 너는 애비 잘 만나서 행복한 줄 알아라.
- 아들 : 왜요?
- 아버지: 야 이놈아 저 사람들 아파트가 제집인 줄 아느냐? 그게 은행 집이야.

은행 돈 매달 갚으랴, 세금 내랴, 애들 과외 학비 대랴 얼마나 힘든지 아냐?

남들이 외국 여행 가면 자기도 따라가야지, 남들 좋은 차 사면 따라서 사야지, 저 사람들 사는 게 사는 게 아니야.

너는 은행 빚 걱정이 있냐, 자식새끼가 있어 학비 걱정이 있냐!

누가 널 보고 세금을 내라고 하냐?

넌 이렇게 너를 걱정 없이 살게 해 준 아비한테 감사하고 행복한 줄 알아야 하는 거야.

거지 부자의 대화가 비록 해학으로 회자되는 내용이기는 하지만 그 안에도 스스로 자기 분수를 알고 자족하는 행복의 지혜가 있다고 생각한다.

안빈낙도라는 사자성어가 있다. 비록 구차하고 가난하지만, 마음을 편히 하고 걱정하지 않고 살면서 도를 즐긴다는 뜻이다. 공자의 언행록에 나오는 행복의 정의다. 사람에 따라 많은 행복에 대한 이견이 있겠지만 행복은 각자 사람에 따른 주관적 내적 판단에 따라 달라지고 정해질 수 있다고 본다.

공자가 총애하는 제자 중에 안회라는 사람이 너무 가난하게 살다가 죽었는데 그렇게 가난하게 살면서도 그는 누추하게 사는 그 속에서 즐거움을 찾고 가난을 운명인 양 받아 그리고 낙천적으로 살며 덕을 닦기를 게을리하지 않았다고 한다.

올해 103세가 되는 김형석 교수는 베풀고 나누는 삶을 강조하고 있다. 그리고 우리가 먼 길을 가는 인생 여행에서 너무 많은 짐을 지고 가려고 하지 말고 최소한의 짐만 챙겨서 가야만이 그 여행이 덜 힘들게 즐거운 여행이 될 수 있다고 말한다. 여기서 너무 많은 짐 이란 욕심을 과하게 갖지 말라는 뜻이다.

고대 그리스의 철학자 플라톤은 행복에 대하여 말하기를 우리가 살면서 조금은 부족하고 모자란 상태를 행복이라고 했다. 재산이든 외모든 명예든 모자람이 없는 완벽한 상태에서는 오히려 바로 그것 때문에 근심하며 불안과 긴장 속에서 살게 되며 불행을 자초한다고 했다.

우리는 적당히 모자란 가운데 부족한 부분을 채우기 위해 노력하면서 살아가는 나날의 삶 속에서 행복감을 느끼며 살 수 있는 것이다.

먹고 살기에 조금 부족한 재산, 남이 보기에 약간 부족한 외모, 기대에 못 미치는 작은 명예를 가졌다 해도 이것이 플라톤이 생각하는 행복의 기준이다.

위에서 말한 것을 실천하기 위해서는 아주 중요한 것이 있다. 그것은 남의 의식에서 벗어나는 길이다. 항상 자신보다 남을 의식하고 남의 시선을 위해 살다 보면 자신의 의식은 잃어 가고 자신의 인생은 불행해지게 마련이다.

행복은 얼마나 많이 가지고 있느냐, 얼마나 많이 누리고 있느냐의 문제라기보다는 자기가 현재 가진 것들에 스스로 얼마나 만족하느냐에 따라서 행복의 느끼는 기준과 척도가 달라진다.

우리는 훌륭한 선현들의 말씀과 어려운 역경을 이겨내고 행복의 전도사가 된 유명인들의 명언에서 행복의 지혜를 찾아 실천해야 할 것으로 생각한다.

이느 사람은 현대의 물질적 사회에서 사는 우리로서는 물질적인 행복과 정신적인 행복의 상호 조화와 균형을 이루어 가야만이 진정한 행복을 누릴 수 있다고도 한다.

물질적 행복의 성취를 위하여는 한눈팔지 말고 현재 맡은 직장 일이나 비즈니스에 최선을 다하고 열심히 일하여 최소한 자족할 수 있는 경제력을 쌓아야 하며 정신적 행복의 성취를 위하여는 신앙심을 가지고 자신의 내면세계에 과욕을 버리고 우리 사회조직의 기본 단위인 가족 구성원과 이웃 친구, 교우, 지인들에게 항상 따뜻한 마음으로 사랑과 봉사, 칭찬, 용서와 격려하는 정신을 키워 가면서 우리의 스윗 홈과 따뜻한 가슴속에 '저 산 너머 행복'을 오늘도 가꾸고 일구어 보자.

내 인생에서 가장 소중한 순간들

이황연 여섯 번째 수필집

초판 1쇄 인쇄 | 2024년 12월 16일
초판 1쇄 발행 | 2024년 12월 23일

지 은 이 | 이 황 연
펴 낸 이 | 노 용 제
펴 낸 곳 | 정은출판

출판등록 | 2004년 10월 27일
등록번호 | 제2-4053호
주   소 | 04558 서울시 중구 창경궁로 1길 29 (3층)
대표전화 | 02-2272-9280
팩   스 | 02-2277-1350
이 메 일 | rossjw@hanmail.net
홈페이지 | www.je-books.com

ISBN 978-89-5824-512-4(03810)